Pferde-Internat Rosenberg

Band 1

Dagmar Hoßfeld

Pferde-Internat Rosenberg

Alles wegen Daniel

KOSMOS

Umschlaggestaltung: Atelier Reichert
Unter Verwendung eines Fotos von Agentur Sorrel, Ebersbach, sowie eines Fotos von Joachim Eicke, Barkelsby, mit freundlicher Genehmigung der Schleswig-Holsteinischen Gesellschaft für Einrichtungen der Jugendpflege e.V.

»Alles wegen Daniel« ist der erste Band der Reihe »Pferde-Internat Rosenberg«. Siehe auch S. 126
Weitere Bände folgen.

KOSMOS Postfach 106011
D-70049 Stuttgart
TELEFON +49 (0)711-2191-0
FAX +49 (0)711-2191-422
WEB www.kosmos.de
E-MAIL info@kosmos.de

Dieses Buch folgt den Regeln der neuen Rechtschreibung.

Bibliografische Information der Deutschen Bibliothek
Die Deutsche Bibliothek verzeichnet diese Publikation in der Deutschen Nationalbibliografie; detaillierte bibliografische Daten sind im Internet über http://dnb.ddb.de abrufbar.

ISBN 3-440-09534-7
Lektorat: Claudia Müller
Produktion: Ralf Paucke
Grundlayout: DOPPELPUNKT Auch & Grätzbach GbR, Leonberg
Printed in Czech Republic / Imprimé en République tchèque

Die vier Freundinnen

Bente Brandstätter: blond, blaue Augen; neugierig. Überzeugte Tierschützerin und Redakteurin der Schülerzeitung. Ihr Pferd: die Holsteinstute Flippi, Fuchs, viermal weiß gestiefelt.

Karolin »Karlchen« Karlsson: Dänin, brauner Wuschelkopf; fröhlich, frech und aufmüpfig. Ihr gehört der dicke Norweger Schnute (genauso frech wie seine Besitzerin).

Kiki van der Slooten: Belgierin, schwarze Haare; Musikgenie, verträumt. Spezialität: Springreiten. Ihr Pferd: Torphy, ein dunkelbrauner Wallach.

Rebecca Mangold: raspelkurze Haare; ruhig, vernünftig, intelligent. Stipendiatin auf Rosenberg. Ihre Lieblingsdisziplin: Dressur mit ihrer Rappstute Karfunkel.

1

»Boah, jeden Morgen Haferflocken! Wie hältst du das nur aus?« Bente schüttelte sich und packte ein zweites Sesambrötchen auf ihren Frühstücksteller.

Karlchen lachte. »Mein Pony frisst auch jeden Morgen Hafer«, erwiderte sie fröhlich, »und was gut für Snude ist, ist auch gut für mich!« Karlchen, die eigentlich Karolin Karlsson hieß, hatte eine bemerkenswerte Aussprache. Sie sagte nicht »Schnute«, wie ihr Pferd eigentlich hieß, sondern »Snude«. Das lag daran, dass sie aus Dänemark kam und nicht im Traum daran dachte, ihren Akzent abzulegen.

Warum auch? Auf Schloss Rosenberg wimmelte es nur so von unterschiedlichen Akzenten. Das Pferde-Internat gehörte einer Stiftung, die internationale Kontakte und das Zusammenleben Jugendlicher aus allen Winkeln des Erdballs förderte.

Rosenberg war aber kein Elite-Internat, im Gegenteil: Kinder aus nicht so gut gestellten Familien wurden sogar bevorzugt aufgenommen. Vorausgesetzt, sie besaßen ein gewisses förderungswürdiges Talent – zum Beispiel im Sport, in den Naturwissenschaften, in der Kunst oder im musischen Bereich.

Viele der Schülerinnen und Schüler hatten aufgrund ihrer besonderen Begabungen von der Internatsstiftung ein Stipendium bekommen und konnten so ihren Aufenthalt finanzieren.

Die meisten Kinder kamen aus Europa, manche aus Amerika und ein Mädchen der Oberstufe kam sogar aus Australien. Sie alle hatten schon in ihrer Heimat Deutschunterricht gehabt. Das war ebenfalls Voraussetzung, denn auf Rosenberg war die Unterrichtssprache Deutsch – ausgenommen natürlich in den Fremdsprachen wie Englisch, Französisch, Russisch und Spanisch. Und diejenigen, die dennoch Probleme mit der Aussprache hatten, erhielten in kleinen Fördergruppen zusätzlichen Unterricht.

Bei dieser Internationalität der Schüler fiel Karlchens Aussprache also überhaupt nicht besonders auf – und ihre Freundinnen achteten ohnehin schon lange nicht mehr auf solche Kleinigkeiten.

Karlchen, Bente, Rebecca und Kiki waren Mittelstufenschülerinnen im Internat Schloss Rosenberg. Sie gingen gemeinsam in die siebte Klasse. Und der »Rosenberg«, wie sie ihr Zuhause nannten, war nicht nur wegen der Internationalität ein ganz besonderes Internat. Auf dem Stundenplan der Mädchen und Jungen stand nämlich ganz oben als Hauptfach »Reiten«.

Der Reitsport und der Umgang mit Pferden besaßen einen großen Stellenwert im täglichen Stundenablauf der Schüler. Zu ihren Aufgaben und Pflichten gehörte der Stalldienst ebenso wie der praktische und theoretische Reitunterricht. Besonders begabte Reiterinnen und Reiter wurden gefördert und ausgebildet. Durch die Teilnahme an Turnieren sammelten sie Erfahrungen und so mancher Absolvent der Internatsschule war später im Turniersport ein ganz »Großer« geworden. In den Sattelkammern der Stallungen erinnerten zahllose gerahmte Fotos mit persönlichen Widmungen und

Danksagungen an mittlerweile berühmte Springreiter und Dressurreiterinnen, die das Pferde-Internat hervorgebracht hatte. Und auch einige der Pferde, die in der internatseigenen Zucht aufgewachsen waren, hatten es im Sport zu Weltruhm gebracht. Für pferdebegeisterte Kinder war es etwas ganz Besonderes, auf dem Rosenberg zu Hause zu sein!

Bente und Karlchen quetschten sich mit ihren Tabletts durch die Stuhlreihen. Um diese Uhrzeit war der Speisesaal des Schlosses immer total überfüllt. Das »Grünzeug«, wie die Unter- und Mittelstufenschüler von den Älteren liebevoll genannt wurden, wuselte und schnatterte durcheinander, schnappte sich gegenseitig die knusprigsten Brötchen vor der Nase weg und kleckerte, zum Leidwesen der Küchenleiterin Frau Wuttig, ausgiebig mit heißem Kakao. Nur die »Kompostis«, die Oberstufenjahrgänge, durften jeden Tag eine halbe Stunde länger schlafen – es sei denn, sie waren mit dem Stalldienst an der Reihe.

»Hier!« Kiki war aufgesprungen und winkte den Freundinnen hektisch zu. Sie hatte mit Rebecca einen freien Tisch am Rande des Speisesaals ergattert und zwei Plätze für die Freundinnen freigehalten. Aufatmend ließen sich Bente und Karlchen auf die Stühle plumpsen.

Rebecca stöhnte auf. »Immer dieser Stress am frühen Morgen«, sagte sie und schob ihre Formelsammlung zur Seite, um Platz für Karlchens Haferflockenschale zu machen. »Ich glaube, ich kriege Migräne.«

»Quatsch, Migräne!« Karlchen mümmelte ihre durchweichten Haferflocken mit großem Appetit, wobei sich ihr »Quatsch« anhörte wie »Kwatts«. »Was du brauchst, ist eindeutig frische Luft. Ja, ein Ausritt wäre jetzt das Richtige für dich.«

Kiki nickte zustimmend. Mit dem Eierlöffel deutete sie auf die blasse Rebecca. »Jawoll, statt deine Nase schon vor dem Frühstück in dieses ätzende Mathebuch zu stecken«, sie pochte mit dem Plastiklöffel energisch auf die aufgeschlagene Formelsammlung, »solltest du dich lieber mit wichtigeren Dingen beschäftigen.«

»Zum Beispiel?«, fragte Bente neugierig.

Kiki schob den Rosenberg-Boten quer über den Tisch. »Zum Beispiel mit dem Neuen«, sagte sie verschwörerisch. »Ist der nicht absolut spitzenmäßig? Also, auf meiner Skala kriegt der glatt eine Zehnkommanull!« Kiki seufzte verträumt. »Guckt euch mal diese blauen Augen an ...«

Bente und Karlchen beugten ihre Köpfe über den Rosenberg-Boten. Das dünne Heftchen im Großformat war die offizielle Schülerzeitung des Internats. Es verbreitete die neuesten Nachrichten, die ältesten Schülerwitze und stellte regelmäßig neue Schüler und Lehrer vor.

»Wow!«, entfuhr es Bente. »Der sieht aber echt gut aus!« Sie betrachtete interessiert das Foto des neuen Schülers, der als »Daniel Barenthien, 14 Jahre, Hobbys: Reiten, Hockey, Schwimmen, Snowboarden und Surfen« vorgestellt wurde.

»Daniel Barenthien«, sagte Rebecca, ohne von ihrer Formelsammlung aufzublicken, »kommt aus der Schweiz. Sein Vater ist Ferdinand Barenthien, der berühmte Gehirn-Chirurg. Nur leider ...«

»Was leider?«, wollte Bente wissen.

»Leider scheint das Gehirn seines Sohnes Daniel ein bisschen unterentwickelt zu sein«, antwortete Rebecca. »Der süße

Daniel ist nämlich schon zweimal von der Schule geflogen. Rosenberg ist seine letzte Chance.« Rebecca raffte ihre Formelsammlung zusammen und nahm ihr Tablett. »Aber sein Pferd ist klasse. Mystery, ein Trakehner Rappschimmel.« Mit diesen Worten erhob sich das Mädchen mit den raspelkurzen Haaren und der runden Brille von ihrem Stuhl und entschwand.

»Ich frag mich nur, wo dieser Daniel hier snowboarden will?« Bente machte ein nachdenkliches Gesicht. »Vielleicht hätte er doch lieber in der Schweiz bleiben sollen.«

Kiki und Karlchen guckten sich an und stöhnten auf.

»Komm, du olle Trödeltante.« Kiki gab Bente einen unsanften Schubs. »Erste Stunde Bio bei Harti, schon vergessen?«

Bente sprang auf und stieß dabei gegen Karlchens Tablett. Die Haferflockenschale fiel runter und zersprang in tausend Stücke.

»Wenn das die Wuttig sieht!«, schimpfte Karlchen. »Die dritte Schüssel in dieser Woche!« Sie sammelte die Scherben auf und ließ sie unauffällig in einem großen Mülleimer verschwinden. »Mensch, Bente, wie kann man nur so ungeschickt sein!«

Herr Hartmann gehörte zu den beliebtesten Lehrern des Internats. Er galt laut Rosenberg-Boten, in dem eine monatlich aktualisierte Hitliste der Lehrerschaft abgedruckt wurde, als »dynamisch, kreativ und flexibel«. Felix Hartmann unterrichtete Biologie, Deutsch und Geschichte und obwohl diese Fächerkombination in vielen Bereichen staubtrocken war, schaffte Harti, wie ihn seine Schüler nannten, es immer wieder, dem Stoff so etwas wie Leben einzuhauchen.

Heute allerdings war auch Herr Hartmann mit seinem Latein am Ende. »Das Liebesleben der Gelbrandkäfer« gehörte anscheinend nicht zu seinen Spezialgebieten. Er warf den Filmprojektor an und ließ einen todlangweiligen, mindestens zwanzig Jahre alten Streifen abspulen, zu dem sich die 7b Notizen machen sollte, um daraus später einen »lebendigen Aufsatz« – wie Harti sich ausdrückte – zu schreiben.

Rebecca schob ihre Brille zurecht und rümpfte die Nase. »Herr Hartmann«, sagte sie, nachdem sie sich mit steil erhobenem Zeigefinger gemeldet hatte, »dieses Filmmaterial ist vollkommen veraltet. Ich denke nicht, dass es uns zuzumuten ist, auf dieser Basis eine qualifizierte Arbeit abzugeben.«

»Ja, das weiß ich auch, Rebecca«, antwortete Harti seiner strebsamen Musterschülerin mit einem Seufzer, »aber es gibt kein neues Material über die Gelbrandkäfer, tut mir Leid. Betrachtet es einfach als kreative Herausforderung an euer geistiges Potenzial, ja? Die Aufsätze werden auch nicht benotet.«

Der Vormittag quälte sich endlos lang dahin. Nach Bio und Deutsch bei Herrn Hartmann folgten zwei Stunden Mathe bei Frau Dr. Paulus, der Direktorin des Internats. Die Pauli galt zwar als streng und unnachgiebig, war aber dennoch beliebt.

Im Gegensatz zu Herrn Hartmanns lockerem Unterricht waren ihre Stunden allerdings der reinste Drill.

Karlchen rutschte unruhig auf ihrem Stuhl hin und her. Von ihrem Fensterplatz in der letzten Reihe hatte sie einen ausgezeichneten Überblick über die zum Schloss gehörenden Stallungen und die dahinter liegenden Pferdekoppeln.

Sie konnte Schnute sehen, ihren runden Norweger Wallach, der sich gerade in einer riesigen Schlammpfütze wälzte.

»Nej!«, entfuhr es Karlchen. »Och, Snude …«

Das Mädchen mit dem rotbraunen Wuschelkopf und den unzähligen Sommersprossen auf und neben der Nase wusste, dass es mindestens eine ganze Stunde brauchen würde, um den Fjordi wieder auf Hochglanz zu bringen.

»Bitte, Karolin? Hattest du eine Frage?«, erkundigte sich Frau Dr. Paulus freundlich. Karlchen schüttelte schnell den Kopf und versenkte ihre Nasenspitze wieder im Mathebuch. Hin und wieder wandte sie allerdings den Blick dem großen Fenster zu. Sogar von hier aus konnte Karlchen sehen, dass Schnute, der jetzt zufrieden das Fallobst unter den Apfelbäumen aufsammelte, eine dicke, dunkelbraune Schlammkruste auf dem Fell hatte.

Nach der fünften Stunde – Kunst bei Frau Bellmann ohne besondere Vorkommnisse – klingelte es pünktlich wie immer zum Mittagessen. An der Tür zum Speisesaal stand schon Frau Wuttig mit geblümter Schürze und erhobenem Kochlöffel. Sie sorgte dafür, dass das hungrige »Grünzeug« nicht über die »gefüllten Futtertröge« stolperte, wie sie sich auszudrücken pflegte.

»Was gibt's denn heute, Frau Wuttig?«, erkundigte sich Bente.

»Kabeljaufilet mit Senfsoße und Pellkartoffeln«, erwiderte die strenge Küchenchefin.

»Fisch?« Kiki rümpfte die Nase. »Auch das noch!«

»Fisch bietet ein ungeheures Reservoir an lebensnotwendigen Eiweißstoffen«, klärte Rebecca die Freundin auf. »In

Kombination mit Pellkartoffeln ist Fisch ein ganz ausgezeichneter Lieferant von …«

»Rebecca, wir wissen, dass du als Stipendiatin schlauer bist als wir alle zusammen«, unterbrach Bente den Redefluss der Freundin, »aber kannst du das nicht wenigstens beim Mittagessen mal kurz vergessen?«

Rebecca machte ein beleidigtes Gesicht. Sie füllte sich den Teller und ging zu einem freien Platz.

»Ich werd verrückt, da ist er! Daniel …« Kiki quiekte unterdrückt auf und stieß Bente aus Versehen mit dem Tablett in den Rücken. Die wiederum schubste Karlchen an und Karlchen, die immer gut bei Appetit war und ihren Teller mit einem Berg von Pellkartoffeln mit Soße beladen hatte, verlor das Gleichgewicht und die Gewalt über ihr Tablett.

Die Kartoffeln kamen ins Rollen, rutschten mitsamt der Senfsoße über den Tellerrand und schwappten über die Kante des Tabletts direkt in den Nacken eines bereits am Tisch sitzenden Jungen. Daniel. Der Traumboy aus dem Rosenberg-Boten. Ausgerechnet. Kiki hielt die Luft an und starrte krampfhaft in eine andere Richtung.

»O nein, ist das peinlich!«, stöhnte sie innerlich voller Entsetzen.

»Argh …«, machte der Junge, »was zum Teufel …« Er sprang auf und fasste sich in den Nacken. Er zog die mit matschigen Kartoffeln beschmierte Hand zurück und betrachtete sie, als würde sie nicht zu ihm gehören. »Wer war das?«, fragte er in schneidendem Ton und drehte sich im Zeitlupentempo um.

»Ich, ähm, also das war so …«, setzte Kiki an und schob sich nun mutig vor Bente und Karlchen, die mit puterroten

Gesichtern nur knapp einen Lachkrampf unterdrücken konnten. Die kichernden Freundinnen waren ja fast noch peinlicher als das Ereignis selbst, fand Kiki.

Daniel zog mit spitzen Fingern sein Sweatshirt aus und wischte sich mit ein paar Servietten notdürftig den Nacken sauber. Frau Wuttig kam herbeigeeilt und brachte feuchte Tücher.

»Immer dieselben«, zischte sie in Richtung der vier Freundinnen, während sie den armen Jungen von den Speiseresten zu befreien versuchte. »Am besten gehst du hoch und ziehst dich um, Daniel«, sagte sie freundlich und richtete sich auf. »Mit euch hat man aber auch immer nur Ärger«, schnaufte sie den Freundinnen zu. »Drei Schüsseln sind diese Woche schon kaputtgegangen. Glaubt ja nicht, ich wüsste nicht, wer dahinter steckt.« Kopfschüttelnd verschwand sie in ihrem Heiligtum, der Schlossküche.

Kiki stand jetzt sprachlos vor dem blonden Jungen. Mit erhobenen Augenbrauen betrachtete sie die beeindruckenden Muskeln, die unter dem Rand des T-Shirts zum Vorschein kamen, als Daniel sein bekleckertes Sweatshirt aufraffte und sich zum Gehen wandte.

»Du, das tut uns echt Leid«, sagte Karlchen schließlich, immer noch unterdrückt kichernd. »Es war keine Absicht, echt nicht.«

»Nee, das war irgendwie eine Kettenreakation«, mischte sich Bente ein. »Eine Verkettung unglücklicher Umstände sozusagen. Entschuldige bitte.«

Daniel nickte. »Ist schon gut«, knurrte er genervt. »Nun macht mal nicht so ‘nen Film von der Sache.« Er drehte sich um und verließ ohne ein weiteres Wort den Speisesaal.

»Mensch, Kiki, wie kannst du nur so blöd sein?« Bente stupste die Freundin an, die wie versteinert dastand und Daniel hinterherstarrte. »Hey, träumst du, oder was?«

»Ich glaube schon«, säuselte Kiki nach einigem Zögern. »Ich glaub, ich hab mich gerade verliebt … Habt ihr diese Muskeln gesehen? Und diese blauen Augen?«

»Mann, die ist ja völlig weggetreten«, schimpfte Karlchen und drängelte sich vorbei. »Nun lasst uns erst mal was essen, okay?« Sie ging zum Büfett, um sich den Teller neu füllen zu lassen.

Kiki verweigerte die Nahrungsaufnahme. Mit verträumtem Blick saß sie da, starrte auf die Tür und wartete darauf, dass Daniel wieder zum Vorschein kam.

Rebecca schüttelte den Kopf. »Du musst etwas essen, Kiki«, sagte sie ernst. »Du weißt, dass du nachher Springstunde hast. Wenn du dabei unterzuckerst, na danke …«

»Ich werde nie wieder essen«, erwiderte Kiki mit schmachtendem Blick, »nie, nie wieder.«

Die drei anderen warfen sich einen Blick zu. Karlchen hob die Gabel an die Stirn und machte kreisende Bewegungen. »Jetzt ist sie komplett durchgeknallt«, brummte sie und pickte die Kartoffeln von Kikis Teller, bevor die kalt wurden.

2

Nachdem die Mittagspause vorüber war, stiegen die Freundinnen eine breite Treppe empor, die zu den Schlaf- und Aufenthaltsräumen der Internatsschüler führte.

Früher hatte es im Schloss einmal riesige Schlafsäle mit langen Reihen von Etagenbetten für bis zu zwanzig Schüler gegeben, aber diese Zeiten waren vorbei. Vor ein paar Jahren waren die hohen Schlafsäle zu gemütlichen kleinen Zimmern umgebaut worden. Jetzt teilten sich zwei oder drei Schüler ein Zimmer mit eigenem Bad und Dusche. Nur die hohen, mit Stuck verzierten Decken waren geblieben und erinnerten noch an die alten Zeiten.

Kiki und Rebecca verschwanden in ihrem Zimmer. Bente und Karlchen gingen eine Tür weiter.

»In fünf Minuten?«, fragte Karlchen, die ihren Wuschelkopf durch die Balkontür geschoben hatte und über den gemeinsamen Balkon ins Nachbarzimmer lugte.

Rebecca nickte. »Wenn ich es schaffe, dieses paralysierte Wesen in seine Reitstiefel zu bekommen.« Sie zeigte auf Kiki, die mit offenen Augen zu träumen schien. »Dann sind wir in fünf Minuten fertig.«

Bente und Karlchen schlüpften in ihre Reithosen und stiegen in die hohen Lederreitstiefel. Mit einem weichen Lappen wischten sie noch einmal darüber, wobei Karlchen mit ein bisschen Spucke nachhalf. Dann waren sie fertig.

Der schönste Teil des Tages begann: das Nachmittagstraining mit den Pferden. Auf Schloss Rosenberg gab es einen großen Stall mit internatseigenen Schulpferden, daneben einen Stall für die Privatpferde der Schüler. Einige der Kinder und Jugendlichen, die zu Hause schon erfolgreich geritten waren, brachten ihre eigenen Pferde mit ins Internat, manche von ihnen sogar zwei oder drei.

Aber es gab auch Kinder, die erst hier ans Reiten herangeführt wurden, und für die standen gut ausgebildete Schulpferde aus der berühmten Rosenberger Holsteiner-Zucht bereit.

Wieder andere Schüler – so wie Karlchen – besaßen Ponys oder Kleinpferde, die keine Box im Stall brauchten, sondern einen anständigen Offenstallplatz mit ganzjährigem Weidegang. Rund um das Schloss gab es genügend herrliche Weideflächen für diese Robusten.

Das Schloss Rosenberg war trotz des imponierenden Namens kein richtiges Schloss mit Erkern und Türmchen und den dazugehörigen hoheitsvollen Bewohnern. Es war ein Land- und Jagdschloss aus dem achtzehnten Jahrhundert und glich mit seinen Stallungen und Scheunen eher einem großen, herrschaftlichen Gut.

Die gepflegte Fassade des Haupthauses des Internats, die Fenster und die Türen strahlten in reinstem Weiß. Im Sommer rankten wunderschöne alte Rosenstöcke an den Mauern empor und erfreuten alle Bewohner und Gäste mit den herrlichsten Blüten und einem unbeschreiblichen Duft.

Eingebettet inmitten herrlich weiter Felder, saftig grüner Wiesen und tiefen Wäldern lag Schloss Rosenberg nur wenige Kilometer von der Nordseeküste Schleswig-Holsteins entfernt. Zu jeder Zeit wehte ein frischer Wind direkt vom Meer, der sich im Herbst und Frühjahr schon mal in heftige Stürme verwandeln konnte.

Die nächsten Nachbarn des Schlosses waren Landwirte und Bewohner kleinerer Dörfer und Kreisstädte. Eine richtige Großstadt gab es in der Nähe nicht, was besonders die älteren Mädchen manchmal extrem nervte. Von ausgedehntem Shopping, Kino- und Discobesuchen war auf Rosenberg nicht mal im Ansatz die Rede.

Trotzdem: Alle fühlten sich überaus wohl in »ihrer« ganz besonderen Schule, egal, aus welchen persönlichen Beweggründen sie hier auch gelandet sein mochten.

Manche ehemalige Schülerinnen und Schüler, die das Internat vor Urzeiten einmal besucht hatten, kamen alle paar Jahre hierher zurück und trafen sich auf Rosenberg, um über die »guten alten Zeiten« zu reden.

»Einmal Rosenberger – immer Rosenberger«, war der Wahlspruch, den sich die Ehemaligen auf die Fahne geschrieben hatten, und viele von ihnen hielten zu ihren Freunden aus Internatszeiten über Briefe und E-Mails lebenslang Kontakt.

Auch Bente, Karlchen, Kiki und Rebecca fühlten sich pudelwohl auf Rosenberg. Aber das lag natürlich vor allem daran, dass sie ihre geliebten Pferde in der Nähe hatten. Sonst war ihnen eigentlich alles so ziemlich schnuppe. Schule war eben Schule, egal wo. Aber die Pferde, die waren das Allerwichtigste für die Mädchen.

Karlchen ging ohne ihren Schnute sowieso kaum irgendwohin. Am liebsten hätte sie abends in seinem Offenstall ein Feldbett aufgeschlagen, doch das verbot leider die strenge Hausordnung des Internats.

Karlchens Eltern lebten im Süden von Dänemark. Sie hatten nur wenig Zeit für ihre einzige Tochter, Karolin. Herr Karlsson war als Flugkapitän bei einer bekannten dänischen Airline beschäftigt und düste in der Welt herum, Karlchens Mutter arbeitete für ein großes, internationales Modehaus. Karlchen besuchte ihre Eltern zwar manchmal in Mailand, Paris oder Amsterdam, wenn die Aufenthalte der beiden sich zufällig einmal überschnitten, doch sie war jedes Mal froh, wieder auf Rosenberg und bei ihrem dicken Norweger zu sein. Rosenberg war ihre und Schnutes neue Heimat geworden. Und hier hatte Karlchen alles, was sie brauchte: Pferde ohne Ende, ihre heiß geliebten Freundinnen und dazu noch jede Menge Trubel.

Unruhig trat Karlchen jetzt von einem Fuß auf den anderen. Sie konnte es kaum noch erwarten, endlich zu ihrem Fjordi zu kommen. Und außerdem wusste sie, dass sie ihn vor dem Unterricht noch von seiner inzwischen bestimmt schön eingetrockneten Schlammkruste befreien musste. Das würde eine ziemliche Schufterei werden.

»Nun macht schon, ihr Schluffis«, bat nun auch Bente. »Wenn wir zu spät kommen, gibt's Mecker vom Meister, das wisst ihr doch!«

Der »Meister« war Hartwig von Hohensee, einer der beiden Reitlehrer des Internats. Er war freundlich und verstand selbstverständlich unheimlich viel von Pferden, aber wenn es um Unpünktlichkeit oder gar Unzuverlässigkeit ging, kannte er keine Gnade.

Kiki quetschte sich gerade in ihre Reithose und versuchte, den Reißverschluss zuzuziehen.

»Hilfe, ich hab schon wieder zugenommen«, stöhnte sie.

»Bald bin ich alt, fett und hässlich und Daniel wird mich keines Blickes würdigen.« Sie ließ sich aufs Bett fallen und versuchte es im Liegen. Der Reißverschluss ging zu. Kiki schloss schnell den Knopf und zog ihr langes Sweatshirt drüber.

»Wie solltest du zunehmen, wenn du nichts mehr isst?«, fragte Bente. »Verstehe ich nicht.«

»Wahrscheinlich wächst sie noch, ist doch egal«, murrte Karlchen. »Nun macht schon!«

Die Mädchen sprangen die Treppe hinunter und überquerten den Vorplatz des Schlosses. Frau Dr. Paulus konnte es nicht ausstehen, wenn die Schüler rannten, also bemühten sich die Freundinnen, extrem lange Schritte zu machen, ohne dabei gehetzt zu wirken. Die Pauli verfügte nämlich über die ebenso unglaubliche wie berüchtigte Fähigkeit, alles zu sehen und zu hören, was auf Rosenberg vor sich ging.

Überall auf dem weitläufigen Gelände wuselten zu dieser Stunde geschäftige Schülerinnen und Schüler durcheinander. Nicht alle ritten, klar. Manche spielten nachmittags Tennis, die Rudersparte ruderte, die Turner trafen sich in der Sporthalle und die Computer AG im Computerraum. In drei Förderklassen wurde fleißig Deutsch gepaukt. Aber trotz aller anderen Aktivitäten stand der Pferdesport ganz weit oben auf dem Lehrplan des Internats. Das war Tradition.

Vor den Ställen verabschiedeten sich Bente und Kiki von den beiden anderen. Karlchen machte mit der Ponyabteilung einen Geländeritt – wenn sie es denn schaffen würde, Schnute vorher noch zu entkrusten –, und Rebecca musste in den Dressurstall.

Rebeccas Rappstute Karfunkel war ein junges, viel versprechendes Dressurpferd, ausgebildet bis zur Klasse M. Rebeccas

Eltern hatten für ihre Tochter diese Stute ausgesucht, weil ihrer Ansicht nach der Springsport für die zarte Rebecca viel zu gefährlich war. Das war lange, bevor sich ihre Eltern hatten scheiden lassen.

Rebecca dachte nicht gerne an diese Zeit zurück. Sie liebte ihre Mutter ebenso wie ihren Vater, aber plötzlich war sie zum Spielball zwischen ihnen geworden. Das ewige Gezerre um ihre Person, zu welchem Elternteil sie gehen sollte, wie sie sich entscheiden sollte, hatte so an Rebeccas Kräften gezehrt, dass sie eines Tages einfach zusammengeklappt war. Die Ärzte sprachen damals von einer natürlichen Schutzreaktion ihres Körpers auf den unsäglichen Stress. Für Rebeccas Eltern war es ein ernst zu nehmendes Warnsignal gewesen. Mit Hilfe einer Therapeutin hatte Rebecca schließlich einen Weg für sich gefunden. Sie hatte sich einfach auf eigene Faust im Pferde-Internat Rosenberg beworben. Aufgrund ihrer außergewöhnlichen naturwissenschaftlichen Begabung war es für Rebecca ein Leichtes gewesen, ein Stipendium zu bekommen. Ihre Eltern hatten nicht schlecht gestaunt, als Rebecca ihnen eines schönen Tages verkündet hatte: »Ich gehe zu keinem von euch beiden. Ich gehe ins Internat. Und damit basta!«

Inzwischen hatten ihre Eltern die Entscheidung der Tochter akzeptiert. Zwar fiel es der Mutter nach wie vor schwer, das Mädchen in fremder Obhut zu lassen, weil sie fand, dass es viel zu sensibel und zerbrechlich war, aber Rebecca hatte einen eisernen Willen. Und sie fand sich selbst kein bisschen zart oder zerbrechlich, im Gegenteil. Aber trotzdem lag ihr das Dressurreiten mehr im Naturell als das Adrenalin fördernde, actionreiche Springen.

Die Hufschlagfiguren der Hohen Dressur hatten etwas

Mathematisches, etwas ungemein Logisches, wie sie gerne betonte, im Gegensatz zum »unmethodischen Überwinden bunt lackierter Hindernisstangen ohne besonderen Grund«.

Während Kiki ihre Putzkiste aus der Geschirrkammer holte, ging Bente langsam die breite Stallgasse entlang. In der vorletzten Box schob sich ein schmaler Pferdekopf über die Tür. Eine wunderschöne Fuchsstute wieherte leise.

»Hallo, Flippi«, begrüßte Bente ihr Pferd. Sie blieb vor der Box stehen und gab der Stute einen Kuss auf die Samtnase.

Kiki betrat unterdessen die Nachbarbox. Torphy, ein bildhübscher dunkelbrauner Wallach brummelte und streckte ihr zutraulich die samtene Nase entgegen. »Hach, du alter Schmusebär«, raunte Kiki dem Dunkelbraunen zu, »hast du dich schön ausgeruht?«

Torphy rieb wie zur Bestätigung seinen großen Kopf an Kikis Sweatshirt und nahm den kleinen Apfel, den sie aus ihrer Reithose hervorgeholt hatte, aus ihrer hohlen Hand. Genüsslich biss er auf den Apfel und zermalmte ihn krachend. Weißer Schaum lief aus seinem Maul und tropfte auf Kikis dunkelblaue Reithose.

»Mensch, Torphy, die ist frisch gewaschen«, schimpfte Kiki mit dem großen Pferd. »Ach, macht nichts«, sagte sie schnell, als sie Torphys schuldbewusstes Gesicht bemerkte. Sie legte dem Wallach ein Halfter an und führte ihn aus der Box. In der Stallgasse band sie ihn links und rechts mit Karabinern fest und putzte ihn gründlich vom Kopf bis zum Schweif.

»Ob dieser Daniel auch springt?«, fragte sie Bente, die mit Flippi hinter Torphy stand und die Fuchsstute auf Hochglanz polierte. Bente schüttelte die blonden Haare.

»Keine Ahnung, Kiki«, antwortete sie. »Wir werden's ja gleich sehen.«

Nachdem sie ihre Pferde aufgezäumt und gesattelt hatten, führten Bente und Kiki sie hintereinander über den baumbestandenen Hof zur Reithalle.

»Tür frei, bitte!«, rief Kiki energisch.

»Ist frei!«, rief eine dunkle Stimme ebenso energisch zurück.

»Ach du Sch…«, entfuhr es Kiki. »Wenn man vom Teufel spricht, ist er schon da!« Sie drehte sich um und warf Bente einen verzweifelten Blick zu.

»Ach nee«, sagte Bente gedehnt, »unser Pellkartoffel-Opfer!«

Daniel Barenthien saß auf einem muskulösen Rappschimmel. Kraftvoll und raumgreifend galoppierte der Hengst unter dem blonden Jungen auf dem Hufschlag. Auf der gegenüberliegenden Seite parierte Daniel sein Pferd durch und rief noch einmal laut: »Tür ist frei!«

Kiki entfuhr ein Seufzer. Bente zischte von hinten: »Nun mach los! Die Tür ist frei!«

Kiki erwachte aus ihrer Trance und schob das Tor auf. Sie führte Torphy in die Mitte der Bahn, schenkte Daniel und seinem Schimmel ein strahlendes Lächeln und zog den Sattelgurt nach. Als sie die Steigbügel runterließ, sah sie gerade noch, wie Daniel und der Hengst im Schritt die Halle verließen.

»Mist«, fluchte Kiki. Sie saß auf und klopfte Torphys Hals. »Dann springt er doch nicht mit.«

»Daniel?«, fragte ein braunhaariger Junge auf einem kleinen Rappen neben Kiki. »Nee, der geht ins Gelände. Hast du noch nicht gehört, dass der ein ganz großes Military-Ass ist?

Mann, Kiki, Daniel Barenthien und Mystery nehmen im Herbst an der Military-Meisterschaft der Jungen Reiter in Luhmühlen teil!«

»Luhmühlen? Echt?« Bente riss die Augen auf und starrte den Jungen über Kiki hinweg an. »Danke für die Information, Sven. Geht Daniel in deine Klasse?«

Sven nickte. »Logo, aber es sieht so aus, als könnte er besser reiten als rechnen«, erwiderte er. »Im Unterricht ist er eine ziemliche Niete. Keine Ahnung, auf welcher Schule der vorher war.«

»Ist doch ganz egal«, mischte sich Kiki ein, während sie Torphys Zügel sortierte. »Auf seinem Schimmel stiehlt er sowieso jedem die Schau! Da muss er weder Mathe noch Französisch können. Wegen mir jedenfalls bestimmt nicht!«

Herr von Hohensee hatte die Reithalle betreten und begrüßte seine Abteilung. Er hatte Kikis letzte Worte mitbekommen und sagte: »Ihr habt also schon gehört, dass unsere Pferdesparte Zuwachs bekommen hat? Ja, dieser Daniel kann mal ein ganz Großer werden.« Herr von Hohensee schritt mit aufmerksamem Blick seine Abteilung ab, korrigierte hier den Sitz und da die Zügelhaltung. »Er wird hin und wieder mit uns in der Springhalle trainieren oder mit der Dressurgruppe zusammen arbeiten, aber die meiste Zeit sind er und sein Schimmel im Gelände unterwegs. Man nennt die Military-Reiter ja nicht umsonst ›Buschreiter‹.« Der Reitlehrer lachte und zeigte dabei sein perfektes Gebiss. »So, seid ihr fit?«, fragte er die Jungs und Mädchen. Alle nickten. »Gut, dann wollen wir mal …«

Die Gruppe ließ ihre Pferde locker antraben, um sie warm zu machen. Sie ritten Volten und Schlangenlinien, ließen sie auf dem Zirkel gehen und immer wieder aus den Ecken heraus angaloppieren. Herr von Hohensee stand in der Mitte der Bahn und beobachtete seine Reitschülerinnen und Reitschüler mit Argusaugen. Hin und wieder rief er eine knappe Anweisung oder gab einen Tipp, wie man ein Pferd besser an den Zügel bekam, aber die meiste Zeit hielt er sich schweigend und beobachtend im Hintergrund.

Die Aufwärmphase dauerte zwanzig Minuten. Schon bald gingen die Pferde locker und geschmeidig, bogen sich auf dem Zirkel und kauten zufrieden auf den Trensengebissen. In der großen Halle war dunkles Schnauben zu hören und das leise Knarren und Knirschen der Sättel.

Bente mochte diese ganz besondere Atmosphäre sehr, wenn Pferde und Reiter konzentriert arbeiteten und für nichts anderes Augen hatten. Leise sprach sie mit ihrer jungen Stute und strich immer wieder mit einer Hand ganz leicht über Flippis perfekt gebogenen Hals.

Als Hartwig von Hohensee mit der Arbeit seiner Schüler zufrieden war, schob er die breite Außentür auf und sagte: »Einer nach dem anderen, bitte. Kein Gedränge, jeder kommt an die Reihe.« Das war sein Standardspruch, wenn es endlich auf den Springplatz ging.

Hintereinander gingen die Pferde am langen Zügel in Richtung des Schlossparks, in dem ein fest installierter Parcours der Klasse A aufgebaut war. Es gab verschiedene Hoch-, Weit- und Steilsprünge, einen Wassergraben und sogar eine dicke Elefantenrolle. Trotzdem schnaubte Kiki wie jedes Mal verächtlich, als sie die bunt lackierten Hindernisse sah.

»Das ist doch was für Babys«, murrte sie. »Wann erhöht der Hartwig endlich mal?«

»Wenn euer Stil perfekt ist«, erwiderte Herr von Hohensee trocken, »und ihr in der Lage seid, mit euren Pferden eine harmonische Einheit zu bilden, dann, liebe Kiki, aber erst dann, wird der Hartwig die Stangen höher legen.«

Kiki lief puterrot an. Sie hatte nicht gemerkt, dass der Reitlehrer direkt neben ihr und Torphy zum Parcours ging. Er grinste sie von unten her an. »Verstanden, Fräulein van der Slooten?«

»Ja, kapiert«, antwortete Kiki knapp.

»Fein, dann darfst du heute auf dem Baby-Parcours den Anfang machen.« Herr von Hohensee schob eine Absperrstange zur Seite und ließ Kiki und Torphy auf den Springplatz. Die anderen Reiter nahmen mit ihren Pferden Aufstellung hinter dem Zaun.

Kiki parierte Torphy durch und machte die Steigbügel drei Löcher kürzer.

»Ha, dem werden wir's zeigen, was Torphy?« Kiki strich ihrem Pferd kurz über den Mähnenkamm und nahm die Zügel auf. Sie legte die Schenkel an und ließ Torphy auf der linken Hand angaloppieren. Kiki warf einen prüfenden Blick über den Parcours. Es war immer noch derselbe Aufbau wie in der letzten Springstunde. Keine große Anforderung für ein Spitzenteam wie Kiki und Torphy. Sie ritt einen weiten Bogen und nahm den ersten Sprung ins Visier, einen leichten Lattenzaun. Schon kam der zweite, eine Kombination, für die Torphy einen präzisen Absprung brauchte. Kiki hielt Torphy zurück und versammelte ihn. Erst kurz vor dem Hindernis gab sie die Zügel frei und beugte sich im Sattel nach vorn. Ihre Zügelhände stützte sie links und rechts auf Torphys Hals, um den Wallach nicht im Maul zu stören.

»Perfekt, Dicker«, raunte Kiki ihrem Pferd ins Ohr.

Plötzlich irritierte eine verschwommene Bewegung am Horizont Kikis Konzentration. Sie hob den Kopf und blickte in Richtung des Schlosswaldes. Was sie sah, ließ für einen Sekundenbruchteil ihren Herzschlag aussetzen: In mächtigen Galoppsprüngen jagte ein dunkler Schimmel am Waldrand entlang, in seinem Sattel saß ein blonder Junge. Kiki sah, wie der Reiter sein Pferd versammelte. Mit einem gewaltigen Satz übersprang der Schimmel einen quer liegenden Baumstamm.

Kiki hatte völlig vergessen, wo sie war. Sie starrte dem blonden Reiter hinterher und hörte nicht die Rufe ihres Reitlehrers: »Kiki, der Absprung! Pass doch auf!«

Torphy näherte sich dem Wassergraben, ohne dass seine weggetretene Reiterin ihm half, den richtigen Absprung zu finden. Im letzten Moment zog der braune Wallach die Notbremse: Er stemmte die Vorderhufe in den Boden und verweigerte.

»Daniel … uups!«, schoss es Kiki durch Kopf, bevor sie in weitem Bogen über Torphy hinwegflog und auf der anderen Seite des Grabens ziemlich unsanft auf dem Rücken landete.

Einen Moment lang lag Kiki leicht benommen da. Sie sortierte Arme und Beine, stellte fest, dass sie nicht nur Torphys Zügel in der Hand behalten, sondern dem armen Wallach gleich das ganze Zaumzeug ausgezogen hatte, und rappelte sich hoch. Herr von Hohensee war sofort bei ihr.

»Hast du dir wehgetan?«, fragte er besorgt.

Kiki schüttelte den Kopf.

»Nee, geht schon«, sagte sie. »Was ist mit Torphy?«

Der Reitlehrer zeigte auf die gegenüberliegende Seite des Wassergrabens, wo Torphy mit verlegenem Gesicht und ohne

Zaumzeug am spärlichen Gras knabberte. Kiki sah, dass der Wallach mit einem Auge verstohlen zu ihr herüberschielte, als wollte er sich einen Eindruck von der Stimmung seiner Reiterin verschaffen. Sie musste lachen.

»Mensch, Kiki«, sagte Hartwig von Hohensee vorwurfsvoll, nachdem er sich überzeugt hatte, dass Mädchen und Pferd unverletzt waren. »Wie konnte das denn passieren? Ausgerechnet dir, meiner besten Springerin?«

»Keine Ahnung.« Kiki zog die Schultern hoch und grinste. »Ich hab wohl nicht richtig aufgepasst.«

Nachdem Kiki ihren Torphy neu aufgezäumt und ihn ein paar Beruhigungsrunden im Schritt hatte gehen lassen, sprang sie noch einmal. Diesmal klappte alles perfekt. Aber das lag wohl daran, dass der blonde Reiter mitsamt seinem Schimmel – zu Kikis großem Bedauern – nicht mehr zu sehen war.

Jedenfalls war Herr von Hohensee zufrieden und zum Abschluss des Nachmittagstrainings versprach er sogar, demnächst die Hindernisse ein bisschen höher zu legen.

3

Als die Freundinnen am späten Abend in ihre Zimmer zurückkehrten, fanden sie auf den Schreibtischen ihre Post. Auf Kikis Tisch lag eine große, an sie adressierte Versandrolle. Kiki öffnete den Deckel der Rolle und zog ein Poster heraus. Rebecca guckte ihr neugierig über die Schulter.

»Wow! Das ist ja cool!« Rebecca zog die Augenbrauen hoch und musterte abwechselnd ihre Freundin und das Poster. Es zeigte Kiki in einem langen, dunkelblauen Abendkleid aus glänzendem Satin, eine alt aussehende Violine samt Bogen in der Hand haltend. In verschnörkelten, weißen Druckbuchstaben stand über dem Bild: »Kiki van der Slooten, die letztjährige Preisträgerin des Jugend-musiziert-Wettbewerbs, spielt im Rahmen des Schleswig-Holstein-Musikfestivals Violinkonzerte von Bach und Mozart. Am Sonntag, den 30. Mai, um 20.00 Uhr im Rittersaal zu Rosenberg.«

Rebecca konnte ihre Bewunderung kaum verbergen. »Mann, Kiki, ein Solo-Konzert.«, sagte sie beeindruckt. »Davon hast du ja gar nichts erzählt!«

Kiki zuckte mit den Achseln. Sie drehte einen Stuhl um und setzte sich verkehrt herum drauf. »Na und? Ist doch nichts Besonderes«, erwiderte sie. »Außerdem ist es ja noch lange hin … erst Ende Mai.«

»Trotzdem«, Rebecca ging im Zimmer auf und ab und suchte einen wirkungsvollen Platz für das Hochglanzposter, »du bist talentiert. Du hast Erfolg. Eines Tages wirst du eine weltberühmte Violinistin sein.« Rebecca blieb abrupt stehen. »Mann, und dann kann ich überall erzählen, dass ich im Internat ein Zimmer mit dir geteilt habe! Wahnsinn!«

»Und wer sagt bitteschön, dass ich eines Tages eine weltberühmte Violinistin sein werde?«, fragte Kiki spitz.

Rebecca stutzte. »Na, alle sagen das«, entgegnete sie. »Du doch auch, oder?«

Kiki schüttelte den Kopf. Sie stand auf und ließ sich auf ihr Bett fallen. Mit hinter dem Kopf verschränkten Armen starrte sie die kunstvoll verzierte Stuckdecke an.

»Meine Oma meint das«, sagte Kiki schließlich, ohne den Blick von der Decke zu nehmen. »Aber ob ich das will, ist noch eine ganz andere Frage.«

Rebecca nickte. Sie setzte sich neben Kiki aufs Bett und rollte das Poster langsam wieder zusammen. Rebecca wusste, wie es um Kikis Innenleben bestellt war. Schließlich war sie ihre beste Freundin und Zimmergenossin. Kiki hatte ihr erzählt, dass ihre belgische Großmutter eine berühmte Konzertpianistin war. Diese Großmutter hatte Kiki zum vierten Geburtstag eine teure Violine geschenkt und den privaten Musikunterricht finanziert. Dabei war Kiki schon damals viel lieber in den Ställen ihres Vaters, eines erfolgreichen belgischen Springreiters, unterwegs gewesen und begleitete ihn zu großen Turnieren in ganz Europa.

Kurz nach Kikis drittem Geburtstag hatte sich ihre Mutter in einen prominenten argentinischen Berufsreiter verliebt und war mit ihm nach Südamerika gegangen. Dort bekamen die beiden zwei Töchter. Kiki hatte also zwei kleine Halbschwestern in Südamerika, die sie nur von den Fotos kannte, die ihre Mutter in sehr unregelmäßigen Abständen schickte.

Manchmal verspürte sie Sehnsucht nach ihrer Mutter und den fremden Schwestern. Wie gerne würde sie die beiden Mädchen einmal von Angesicht zu Angesicht sehen und in die Arme nehmen. Sie hatte sich immer Geschwister gewünscht. Aber da Kiki ihre Mutter kaum kannte und der Weg nach Argentinien nicht gerade ein kurzer war, hatte es noch nie geklappt. Und als Kind, von ihrem heiß geliebten Vater zwischen Pferden und Ponys großgezogen, hatte sie eigentlich auch nichts vermisst. Im Gegenteil: Das freie Zigeunerleben und das Reisen mit dem komfortablen Pferdetransporter hatten ihr unheimlich gut gefallen.

Dann aber, als eines Tages Kikis Großmutter die Enkelin auf ein renommiertes Musikinternat in der Schweiz schicken wollte, wäre ihre kleine heile Welt, bestehend aus wohl riechenden und ständige Abenteuer versprechenden Turnierställen, allerdings um ein Haar aus den Fugen geraten. Doch zu Kikis großem Glück und unendlicher Erleichterung hatte sich ihr Vater gegen die dominante Oma durchgesetzt. »Nein«, hatte er gedonnert, »das kommt nicht in Frage! Meine Tochter wird kein verstaubtes Geigenmäuschen! Sie kommt auf eine Schule, in der anständig geritten wird. Basta! Wenn sie auf ein Internat will, kommt sie auf das Pferde-Internat Schloss Rosenberg! Fideln kann sie in ihrer Freizeit – vorausgesetzt, sie hat überhaupt Lust dazu.«

Seit damals sprachen Kikis Vater und die Großmutter nicht mehr miteinander und Kiki besuchte das Pferde-Internat, wo sie nach Herzenslust reiten konnte und in ihrer Freizeit – sehr erfolgreich – nebenbei auch noch fidelte.

»Hach, es muss schrecklich sein, wenn man mit zwei Talenten gleichermaßen gesegnet ist.« Rebecca seufzte. »Aber eines

Tages wirst du dich entscheiden müssen: Springreiten oder Violine. Man muss im Leben Prioritäten setzen, weißt du?«

»Manno, du redest schon wie meine Oma!« Kiki drehte sich auf den Bauch und steckte den Kopf unters Kissen. »Wenn du weiter so viel reitest«, kam es im Tonfall der belgischen Großmutter gedämpft unter dem Kissen hervor, »wirst du die Sensibilität deiner Hände verlieren, Kind! Dann ist es vorbei mit deiner Künstlerkarriere. Dann kannst du bis an dein Lebensende durch Pferdemist waten – wie dein Papa!«

Rebecca musste lachen.

»Ach, wie ich dich kenne«, sagte sie zu der abgetauchten Freundin, »kriegst du beides unter einen Hut. Vielleicht bist du irgendwann eine echte Sensation: Kiki van der Slooten, die Geige spielende Weltmeisterin im Springreiten!«, fantasierte Rebecca. »Fräulein van der Slooten ist in der Lage, mit ihrem Pferd eine zwei Meter hohe Mauer zu überwinden und dabei eine Suite aus dem Nussknacker auf der Stradivari zu spielen!«

Kiki tauchte grinsend wieder auf und warf der Freundin das Kissen an den Kopf. »Das musst du gerade sagen, du zukünftige Nobelpreisträgerin«, lachte sie. »Hast du dich denn schon entschieden, welcher Naturwissenschaft dein Herz gehört? Physik oder Chemie? Mathe oder sonst was? Schließlich muss man im Leben Prioritäten setzen, Schätzchen!«

Rebecca schüttelte den Kopf und sagte: »Nee, aber wir haben ja auch noch ein paar Jährchen Zeit, nicht?«

»Ja«, stimmte Kiki zu. »Zum Glück.«

Sie nahm Rebecca das Poster aus den Händen und schob es unters Bett. »Und davon mal ganz abgesehen, hab ich im Moment ganz andere Sorgen.«

»Welche denn?«, fragte Bente neugierig. Sie war, unbemerkt von den Freundinnen, über den gemeinsamen Balkon ins Zimmer gekommen.

»Wie ich endlich an diesen Daniel rankomme«, knurrte Kiki.

Bente überlegte kurz, dann erhellte sich ihr Gesicht und sie sagte: »Na, ganz einfach: über sein Pferd natürlich!«

Karlchen war Bente über den Balkon gefolgt und fläzte sich auf den wuscheligen Flokati vor Kikis Bett.

»Witzcräcker«, sagte sie in Bentes Richtung. »Daniels Pferd ist ein Hengst und Hengste stehen im Hengststall ...«

»... und da haben wir nichts verloren«, vollendete Kiki den angefangenen Satz. »Wir könnten die wertvollen Deckhengste nervös machen«, zitierte sie aus der Stallordnung. »Oder sie könnten uns verletzen, weil Hengste manchmal unberechenbar sein können.« Das Mädchen pustete sich eine widerspenstige Haarsträhne aus dem Gesicht. »Alles Quatsch«, fand sie. »Aber trotzdem: Dass Daniels Ross ein Hengst ist und in unserem Sperrbezirk steht, ist ein echtes Problem. Wie soll ich Daniel auf mich aufmerksam machen, wenn er a) entweder durchs Gelände reitet oder b) im für uns verbotenen Hengststall ist?«

»Tja, das ist wirklich ein Problem«, gab nun auch Bente zu. »Aber irgendwie werden wir die Nuss schon knacken.« Sie zog die Stirn in tiefe Falten und schürzte dabei die Lippen. Bente war wegen ihres ruhigen und ausgeglichenen Wesens eine erwiesenermaßen gute Denkerin. Sie hatte schon so manches Problem auf ihre Weise gelöst: durch endlos langes Nachdenken. Die Freundinnen wussten das und ließen sie einfach in Ruhe überlegen.

»Lade ihn doch zu deinem Konzert ein«, schlug Rebecca plötzlich vor. »Kiki gibt Ende Mai ein Solo-Konzert hier auf Rosenberg«, klärte sie Bente, die nur mit halbem Ohr zuhörte, und Karlchen auf. »Das wäre doch *die* Gelegenheit, oder etwa nicht? Kiki sieht im Abendkleid nämlich echt stark aus«, fügte sie mit verschwörerischer Miene hinzu.

Bente unterbrach ihr Grübeln. Drei verschiedenfarbige Augenpaare starrten Rebecca an.

»Spinnst du?«, fragte Kiki entsetzt. »Das würde ich mich im Leben nicht trauen!«

Auch Karlchen schien nicht sonderlich begeistert zu sein.

»Nee«, meinte sie, »nach allem, was ich bis jetzt von ihm gehört hab, ist dieser Daniel ein ziemlicher Kulturbanause. Ich kann mir echt nicht vorstellen, dass der auf Geigenmusik steht. Der interessiert sich nur für seinen Sport.«

Die Freundinnen verfielen erneut in dumpfes Brüten. Ab und zu hob eine die Hand und sagte: »Ich hab's! Nee, doch nicht …«

Kiki hielt es schließlich nicht mehr aus. Sie sprang auf und sagte: »Ich geh jetzt einfach rüber in den Aufenthaltsraum. Wer weiß, vielleicht hockt der süße Daniel da und langweilt sich.«

»Vergiss es«, sagte Bente gedehnt. »Ich hab vorhin gesehen, wie er mit Herrn von Hohensee im Hengststall verschwunden ist.«

»Wahrscheinlich fachsimpeln sie übers Buschreiten«, mutmaßte Rebecca. »Verdammt, so'n Pech.«

Trotzdem rafften sich die vier auf und gingen in den gemütlichen Aufenthaltsraum der Unter- und Mittelstufenschüler. Ein bisschen Ablenkung tat Not.

Rebecca und Karlchen spielten eine Partie Schach. Bente sah sich um und entdeckte schließlich Sven, der, in einen Sessel gelümmelt, den neuen *Harry Potter* las. Sie ging zu ihm hin und versuchte, den Jungen unauffällig auszuquetschen, während Kiki traumatisiert vor sich hinstarrte und schwieg.

Daniel Barenthiens Mitschüler wunderte sich über Bentes Interesse an dem Neuen.

»Hey, willst du was von dem?«, erkundigte er sich mit einem, wie Bente fand, reichlich miesen Grinsen im Gesicht.

»Du tickst doch nicht ganz richtig«, gab Bente zurück. »Ich handele im Auftrag einer anderen Person, der ich absolutes Stillschweigen bezüglich ihrer Identität zugesichert habe.«

»Mensch!« Sven schlug sich mit der flachen Hand auf den Oberschenkel. »Aus welchem Film hast du das denn?«

Bente verzog beleidigt das Gesicht. Okay, den Spruch hatte sie wirklich neulich im Fernsehen gehört, aber das musste Sven ja nun nicht unbedingt wissen. Bente war total stolz auf sich, dass sie das Zitat endlich mal anbringen konnte. Und es passte so gut. Sie war noch völlig in Gedanken, als sie Sven plötzlich »Military« sagen hörte.

Bente runzelte die Stirn.

»Wie bitte?«

»Na, Military«, sagte Sven noch einmal. »Dieser Daniel denkt an nichts anderes. In Deutsch stellt er ausgewogene Kraftfutterpläne für seinen Hengst zusammen, damit der noch mehr Power kriegt, und in Mathe berechnet er die Absprungwinkel fürs Gelände. Junge, Junge«, Sven fuhr sich mit allen zehn Fingern durchs lockige Haar, »bei den Lehrern macht er sich damit nicht gerade beliebt, kann ich dir sagen.

Vier Klassenbucheinträge hat er schon auf dem Deckel und dabei ist er erst ein paar Tage hier. Aber Daniel sagt, dass ihn das nicht kratzt. Das Wichtigste ist für ihn die Military-Meisterschaft in Luhmühlen.«

»In-te-res-sant«, sagte Bente, jede Silbe einzeln betonend. »Und du meinst, die Person, die sich für Daniel interessiert und deren Namen ich hier nicht nennen möchte, sollte die Kontaktaufnahme zu ihm über das Thema Military versuchen?«

»Logo.« Sven stand auf und klemmte sich sein *Harry Potter*-Buch unter den Arm. »Was anderes existiert für den gar nicht.«

Bente sprang ebenfalls auf. Sie gab Sven einen Kuss auf den Scheitel, was nicht schwierig war, denn Bente überragte den Jungen um mindestens einen Kopf. »Danke, Svenni, du hast mir sehr geholfen«, sagte sie zuckersüß und drehte sich schon um.

»Boah«, sagte Sven. Er guckte Bente ein bisschen blöd hinterher. Dann strich er sich vorsichtig über den Kopf, grinste übers ganze Gesicht und verließ – um ungefähr zwei Zentimeter gewachsen – den Aufenthaltsraum.

Bente versuchte mittlerweile, Kiki aus ihrer Trance zu holen. Das schwarzhaarige Mädchen saß im Sessel wie eine Schaufensterpuppe: der Rücken kerzengerade, beide Hände links und rechts auf den Lehnen, der starre Blick in die Ferne gerichtet. Nur mit den Beinen wackelte Kiki nervös hin und her, das war das einzige Lebenszeichen.

»Nun hör mal auf hier so rumzuhippeln.« Bente schüttelte Kiki an der Schulter. »Ich sag nur ein Wort: Mi-li-ta-ry!«

Rebecca und Karlchen hatten ihre Schachpartie inzwischen

beendet – Rebecca hatte Karlchen wie immer gewinnen lassen – und spitzten neugierig die Ohren.

»Military?«, erwiderte Kiki mit ausdrucksloser Stimme. »Was soll das?«

Bente knurrte ungeduldig. »Military ist das Zauberwort zum Herzen von Daniel Barenthien«, sagte sie. »Kapierst du denn nicht?«

»Jo, das ist es!« Karlchen sprang auf. Ihre Augen funkelten. »Warum sind wir nicht früher darauf gekommen?«

»Worauf?«, fragte Kiki, immer noch reichlich begriffsstutzig. Wenigstens hörte sie jetzt zu und ihre Augen waren auch nicht mehr so glasig, wie Bente feststellte.

»Du musst Daniel in ein Gespräch über Military verwickeln«, mischte sich Rebecca ein. »Ist doch logisch! Das ist sein Fachgebiet. Jeder Experte redet gerne über sein Fachgebiet. Wahrscheinlich schmeichelst du ihm sogar damit.«

»Ja, genau, du stellst dich doof«, sagte Bente eifrig.

»Das wird unserer Kiki ganz bestimmt nicht schwer fallen«, kicherte Karlchen. »Da muss sie sich nicht mal verstellen …«

»Lass mich doch mal ausreden«, knurrte Bente ungeduldig. »Also, du stellst dich einfach ein bisschen dümmer, als du bist«, sagte sie zu Kiki, wobei sie Karlchen einen Seitenblick zuwarf, »und erkundigst dich über Military im Allgemeinen und Besonderen.«

»Du kannst ja sagen, dass du vielleicht auch mal an einer Military teilnehmen möchtest«, schlug Rebecca vor.

»Ich? Im Leben nicht!« Kiki schüttelte den Kopf. »Das ist mir viel zu gefährlich und zu anstrengend!«

»Manno, du sollst ja auch nur so tun!«, stöhnte Bente. »Kapierst du das denn nicht?«

»Aber ich weiß doch überhaupt nichts über das Military-Reiten«, jammerte Kiki, »außer, dass es aus Springen, Dressur und einem Geländeritt besteht.«

»Umso besser.« Bente erhob sich und zog die Freundin am Ärmel aus dem tiefen Sessel. »Erfolgreiche Männer stehen auf unwissende Frauen. Gib dich einfach so, wie du bist, naiv und unwissend – umso mehr kann Daniel glänzen und angeben.«

»Und du meinst, das klappt?«, fragte Kiki mit unglücklichem Gesicht.

»Wir werden sehen, Mädels, wir werden sehen«, murmelte Bente und schob die Freundinnen aus dem Aufenthaltsraum.

4

»Ich geh da nicht rein«, jammerte Kiki am nächsten Tag. Sie machte ein herzerweichendes Gesicht. »Nee, vergesst die ganze Aktion. Ich kehre sofort wieder um.«

»Kommt ja gar nicht in die Tüte!« Bente hatte die Freundin energisch am Sweatshirt gepackt und hielt sie mit unerbittlichem Griff fest.

Kiki, Bente, Karlchen und Rebecca standen dicht aneinander gedrängt hinter einem hohen Mauervorsprung, der die Reithalle mit dem Hengststall verband.

»Aber wenn der Much mich erwischt?«, fragte Kiki.

»Keine Panik, Baby. Max hat seinen freien Nachmittag«, entgegnete Karlchen. »Das weiß ich aus zuverlässiger Quelle.«

Maximilian Much war der alte Stallmeister des Rosenberger Hengststalls. Alle hatten großen Respekt vor ihm, denn er führte, was den Hengststall anging, ein strenges Regiment. Er kontrollierte jeden, der seinen geliebten Hengsten – seinen »Kinderchen«, wie er sie nannte – unberechtigterweise zu nahe kam.

»Nun bürstest du noch mal dein seidiges Haar.« Rebecca zog eine Drahtbürste aus der hinteren Tasche ihrer Jeans und reichte sie Kiki. »Und dann ran an den Speck!«

»Genau«, mümmelte Karlchen. Sie biss herzhaft in einen Schokoriegel und betrachtete Kiki von oben bis unten. »Du siehst echt stark aus. Wenn Daniel da nicht schwach wird, hat er, glaube ich, ein echtes Problem.«

Bente lockerte den Klammergriff, zupfte das Sweatshirt wieder in Form und gab Kiki einen Schubs. »Los jetzt«, zischte sie. »Und immer schön cool bleiben.«

Kiki stolperte aus dem Versteck und blieb unschlüssig stehen. Als sie sich zu den Freundinnen umdrehte, machten die nur energische Handbewegungen in Richtung des Hengststalls. Karlchen wedelte mit ihrem Snickerspapier. »Nun los«, flüsterte sie und verschwand wieder in der Versenkung.

Kiki räusperte sich, warf ihr langes Haar schwungvoll nach hinten über die Schultern und setzte sich in Bewegung. Vor dem Hengststall blieb sie stehen. Eine schwere Kette war vor die offen stehende Tür gespannt.

»›Unbefugten ist der Zutritt strengstens untersagt. Gezeichnet Maximilian Much, Oberstallmeister‹.«, las Kiki auf einem alten Blechschild, das an der Absperrkette baumelte und leicht hin und her schwang.

Ihr Herz klopfte so laut, dass sie meinte, jeder im Stall müsste es hören, als Kiki über die Kette kletterte. Im Stall war es ruhig und dunkel und Kikis Augen brauchten einen Moment, um sich an das Dämmerlicht zu gewöhnen. Dann ging sie mutig ein paar Schritte weiter. An den Boxentüren las sie die Namen der Hengste, die hier standen: Balear, Medolo, Remus, Kosak, …

Alle Hengstboxen im Stall hatten Paddocks – kleine, durch Außentüren begehbare Ausläufe – und die Hengste konnten selbst entscheiden, ob sie drinnen oder lieber draußen an der frischen Luft sein wollten. Kiki sah, dass die meisten Boxen leer waren. Die Hengste zogen es also anscheinend vor, sich die warme Frühlingssonne auf das Fell scheinen zu lassen. Kiki wollte schon umdrehen und auf kürzestem Weg den

Stall wieder verlassen, da hörte sie etwas im hinteren Stallbereich.

Kiki fasste sich ein Herz. »Hallo?«, rief sie. »Ist da jemand?«

»Hier hinten«, rief die Stimme zurück. »Wer will das wissen?«

Kiki ging ein paar Schritte weiter und sah, dass eine der Boxentüren offen stand. Sie warf einen Blick auf das Namensschild: »Mystery von Dobbson aus der Maranga, Trakehner, geboren 06. Januar 1997, gezogen in Holstein, Besitzer: Daniel Barenthien«.

Kiki schluckte. Daniel hatte ihr den Rücken zugekehrt und war dabei, seinen Hengst auf Hochglanz zu polieren.

»Hi«, sagte sie. »Ich bin's nur.«

Der Junge in der Box schaute kurz auf und fuhr fort, das dunkelgraue Fell seines Schimmels mit der Wurzelbürste zu bearbeiten.

»Kannst du nicht lesen?«, fragte er, nicht eben freundlich gestimmt und ohne das Mädchen eines Blicks zu würdigen. »An der Tür steht klar und deutlich ›Betreten verboten‹.«

Kiki zuckte leicht zusammen. Dann fühlte sie, wie leise Wut in ihr hochkochte. Was bildete sich der Typ eigentlich ein? Sie dermaßen arrogant und von oben herab zu behandeln, als wäre sie ein dummes, kleines Schulmädchen. Der tickte wohl nicht ganz richtig.

»Bist du immer so nett?«, fragte Kiki mit säuselnder Stimme. Sie lehnte sich betont lässig gegen den Türpfosten und warf die Haare nach hinten. »Oder kannst du auch anders?«

»Hä?«, machte Daniel. Er richtete sich auf und musterte sie.

»Ich mein ja nur«, sagte Kiki gedehnt und wandte sich schon halb um.

»Warte doch mal.« Daniel warf die Wurzelbürste in die Putzkiste und wischte sich die Hände an seiner braunen Reithose ab. »Wer bist du überhaupt?«

»Wer will das wissen?«, fragte Kiki schnippisch zurück.

»Mann, nun sei doch nicht gleich eingeschnappt«, schlug Daniel einen etwas versöhnlicheren Ton an. Er reichte Kiki die Hand. »Daniel Barenthien«, sagte er knapp.

»Kiki van der Slooten«, erwiderte Kiki ebenso sparsam.

»Van der Slooten? Bist du Holländerin?«

»Nee, Belgierin«, antwortete Kiki. Sie drehte sich um. »Okay, dann geh ich jetzt mal wieder …«

Daniel sprang aus der Box. »Wieso denn? Was wolltest du eigentlich hier?«, erkundigte er sich.

Kiki zog die Schultern hoch. »Och, ich wollte nur Herrn Much was fragen«, sagte sie.

»Max hat seinen freien Nachmittag«, erwiderte Daniel rasch. »Aber vielleicht kann ich dir helfen?«

Kiki tat, als würde sie angestrengt nachdenken, dann lächelte sie Daniel strahlend an und sagte: »Ja, kann sein. Kennst du vielleicht dieses berühmte Military-Pferd? Es soll hier stehen. Magic, Mirror oder so. Soll ein echter Kracher im Busch sein. Ich hab viel von ihm gehört und wollte ihn mir mal aus der Nähe anschauen.« Kiki kam sich reichlich blöd vor, als sie das sagte, aber es schien zu wirken. Daniels Gesicht hellte sich merklich auf.

»Meinst du vielleicht Mystery? Du stehst genau vor ihm!« Daniel trat einen Schritt zur Seite und gab den Blick auf seinen Rappschimmel frei.

»Mystery, genau!« Kiki trat auf den Hengst zu und hielt ihm die Hand hin. Sie spürte, wie der warme Atem des Pferds und seine langen Tasthaare auf der Haut kitzelten. Dann guckte sie Daniel an. »Hey, sag mal, dann bist du doch nicht etwa dieser ...«

»... dieser Military-Reiter?«, fragte Daniel. Zum ersten Mal lächelte er richtig sympathisch. Er sah klasse aus, fand Kiki. »Doch, der bin ich zufällig. Mystery gehört mir. Im Herbst starte ich mit ihm in Luhmühlen.«

»Wow!«, entfuhr es Kiki. »Luhmühlen? Echt?«

Daniel nickte. Er packte sein Putzzeug zusammen, verstaute alles in der geräumigen Kiste und gab Mystery einen Klaps auf die Kruppe. »Interessierst du dich für Military?«, fragte er. Kiki nickte. »Na klasse, ich wollte gerade mit meinem Hengst in die Schwemme. Komm doch mit, wenn du willst.« Daniel griff um die Ecke und nahm ein Halfter vom Haken. »Ich kann dir über Military alles erzählen, was du wissen willst.« Er grinste Kiki frech an. »Darin bin ich nämlich ein echter Experte.«

Mit Wackelpuddingknien folgte Kiki Daniel und Mystery den langen Stallgang entlang nach draußen. Daniel nahm die Kette ab und bat Kiki, sie wieder festzumachen.

»Du weißt schon«, sagte er verschwörerisch. »Betreten verboten ...«

Kiki nickte. Sie warf einen Blick in Richtung des Mauervorsprungs und sah die Köpfe ihrer Freundinnen. Karlchen streckte einen schokoladeverzierten Daumen aus und zeigte nach oben. Bente grinste wie ein Honigkuchenpferd. Und Rebecca formte die Lippen zu einem wortlosen »Toi, toi, toi«.

Daniel führte seinen Trakehner am langen Halfterstrick über eine Koppel zur Schwemme. Kiki ging an Mysterys anderer Seite. Der Hengst wirkte locker und entspannt und

Kiki strich ihm vorsichtig über das glatte Fell. Sie konnte die ausgeprägten Muskel- und Sehnenstränge des durchtrainierten Sportpferdes dicht unter der Haut fühlen.

»Hast du ihn schon lange?«, fragte sie Daniel.

Der nickte. »Seit fast drei Jahren«, antwortete er. »Seit ich Military reite. Da braucht man schon ein richtig gutes Pferd. Sonst reitet man nur hinterher.«

Daniel führte Mystery jetzt in einen breiten, links und rechts befestigten Wassergraben, der stetig tiefer wurde. Bereitwillig trat der Rappschimmel in das kühle Nass und fing schon bald an zu schwimmen. Daniel ging am Rand neben ihm her und hielt die Führleine locker in der Hand.

»Wassergymnastik«, erklärte er an Kiki gewandt, »ist gut für die Muskulatur und schont die Gelenke.«

»Aha«, sagte Kiki.

Ihr Blick wechselte zwischen dem Jungen und dem Pferd, das mit gekräuselter Oberlippe schwamm und unermüdlich Wasser trat. Mystery war wirklich ein Bild von einem Pferd: stark, muskulös, fit und supergut trainiert.

»Du bist wohl sehr ehrgeizig?«, fragte Kiki schließlich. Sie blieb stehen und setzte sich auf die niedrige Begrenzungsmauer der Schwemme.

Daniel nickte entschieden. »Logisch, sonst kannst du das gleich vergessen«, erwiderte er, ohne den Blick von seinem Pferd zu nehmen. »Mystery und ich kommen mal ganz groß raus. Das habe ich mir jedenfalls fest vorgenommen«, fügte er selbstbewusst hinzu. »Du wirst noch von uns hören.«

»Na, davon bin ich fest überzeugt«, dachte Kiki. »Bei der großen Klappe.«

Sie stand auf und wischte sich den Hosenboden ab.

»Ich muss jetzt mal wieder«, sagte sie.

»Alles klar.« Daniel hob eine Hand und winkte, ohne Kiki anzusehen. »Vielleicht sieht man sich ja mal. Ciao.«

»Ja, vielleicht. Ciao.«, erwiderte Kiki und stapfte davon.

In ihrem Innern fühlte sie sich ein bisschen ernüchtert. Dieser Daniel sah zwar echt klasse aus, aber diese unverhohlene Arroganz und Selbstzufriedenheit, die er ausstrahlte, gefielen Kiki irgendwie überhaupt nicht.

»Na, da müssen wir wohl noch ein bisschen dran arbeiten«, murmelte sie, als sie auf das Versteck der wartenden Freundinnen zulief.

Natürlich musste Kiki den anderen haarklein von ihrem ersten Treffen mit Daniel berichten. Die Mädchen liefen ins Schloss und verkrümelten sich in Bentes und Karlchens Zimmer. Kiki ließ sich auf Karlchens ungemachtes Bett plumpsen und stöhnte wie nach einer großen Anstrengung. Tatsächlich fühlte sie sich auch ziemlich erschöpft. Der Nachmittag war zwar kurz, aber dafür auch sehr erkenntnisreich gewesen.

»Nun sag schon«, drängelte Karlchen. »Wie isser denn nun, dein Schwarm?« Sie starrte Kiki erwartungsvoll an.

Die zuckte mit den Schultern.

»Ganz nett«, sagte sie lahm. »Aber es stimmt leider. In seinem hübschen Köpfchen hat er nur diese bescheuerte Military.«

»Was?«, entfuhr es Bente. »Du hast es nicht geschafft, ihm den Kopf zu verdrehen? Ich fass es nicht.«

»Nö.« Kiki drehte eine Strähne ihrer pechschwarzen Haare zwischen den Fingern und betrachtete versunken die Spitzen. »Ich glaub fast, er hat mich gar nicht richtig registriert.«

Als sie dann noch sagte, dass sie Daniel Barenthien eigentlich ziemlich großspurig fand, zog Bente verwundert die Augenbrauen hoch.

»Soll das etwa heißen, du bist jetzt nicht mehr verknallt?«, fragte sie ungläubig. »Zuerst machst du so einen Aufstand wegen der ganzen Sache und dann war es doch nicht so gemeint? Das ist doch wohl hoffentlich nicht dein Ernst, oder?«

»Doch, nee, irgendwie verliebt bin ich schon«, erwiderte Kiki zögernd, »aber irgendwie auch wieder nicht. Schwer zu beschreiben.«

»Ach, nun mal sachte mit den jungen Pferden«, meinte Karlchen unbeeindruckt. »Ich sag nur: harte Schale, weicher Kern.«

Als sie die fragenden Blicke der Freundinnen bemerkte, fügte sie erklärend hinzu: »Ist doch logo, manche Jungs meinen immer noch, sie müssten einen auf obercool machen, um uns Mädchen zu beeindrucken. Absoluter Schwachsinn, wie wir alle wissen.«

Bente nickte. »Stimmt. Aber manchmal wächst sich das noch zurecht«, meinte sie. »Sogar bei Jungs.«

»Ich finde, dieser Daniel sollte sich lieber auf seine schulischen Leistungen konzentrieren, als so eine coole Masche abzuziehen«, warf Rebecca ein. »Mit vier Einträgen in so kurzer Zeit steht er schon mit einem Fuß auf der Abschussliste der Pauli. Seine Karriere hier auf Rosenberg könnte also ziemlich schnell zu Ende sein. Na ja, zum Buschreiten braucht man ja wohl keinen Schulabschluss.«

Als Kiki am Abend in ihr Bett kroch, fiel ihr auf, dass Rebecca ungewöhnlich schweigsam war. Sie saß an ihrem Schreibtisch und studierte vertieft die umfangreichen Meldeunterlagen des bevorstehenden Jugend-forscht-Wettbewerbs.

Wie jedes Jahr wollte Rebecca auch diesmal wieder mitmachen. Nur über das Thema war sie sich noch nicht so ganz klar. Sie schwankte noch zwischen »Biochemischen Untersuchungen von gut gelagertem Pferdemist zur alternativen Wärmegewinnung« und »Einsatz von Solarenergie im Pferdesport unter besonderer Berücksichtigung der Ausnutzung des natürlichen Vorwärtsdranges von Pferden«, wobei sie daran dachte, viele kleine Solarzellen an den Halftern der draußen stehenden Pferde zu befestigen, um daraus später im Stall Energie gewinnen zu können.

Kiki drehte sich zur Wand und schloss die Augen. Sie versuchte sich Daniels Bild vor Augen zu führen. War sie nun tatsächlich in ihn verliebt? Mit allen Konsequenzen? Oder war sie einfach auf sein gutes Aussehen reingefallen? Kiki beschloss, die Beantwortung dieser Fragen auf einen späteren Zeitpunkt zu verschieben und schlief ein.

5

»Ich soll euch von Herrn von Hohensee ausrichten, dass alle Abteilungen heute Nachmittag einen Ausritt machen«, sagte Herr Hartmann am nächsten Morgen zu seiner versammelten Klasse. »Ich glaube, er will mit den Pferden den Frühling begrüßen oder so etwas. Treffpunkt im Stall, pünktlich um halb drei.«

In der Klasse – jedenfalls unter den reitenden Schülerinnen und Schülern – brach lauter Jubel aus.

»Jo!« Karlchen schlug begeistert mit der flachen Hand auf den Tisch. »Das isses!«

In freudiger Aussicht auf einen Ausritt verging der Vormittagsunterricht wie im Fluge.

Rebecca hielt ein Bio-Referat über den »Mikrokosmos Gartenteich«, während Karlchen ihre berühmten Pferde-Comics in eine Kladde zeichnete und Bente entspannt zu schlafen schien.

Erstaunlicherweise war Kiki fast wieder ganz die Alte. Sie beteiligte sich geradezu aufmerksam am Unterricht und als Herr Hartmann sie am Ende der Stunde auf das bevorstehende Violinkonzert ansprach, strahlte sie voller Stolz. Der akute »Daniel-Virus«, wie Bente es nannte, schien ebenso schnell verflogen zu sein, wie er gekommen war.

Während der Mittagspause machte unter den Internatsschülern das Gerücht die Runde, dass Daniel Barenthien am Morgen wegen seiner nach wie vor mangelhaften Leistungsbereitschaft zu einer »Unterredung unter vier Augen« zu Frau Dr. Paulus zitiert worden war.

Die Pauli soll ziemlich sauer gewesen sein und hinterher geschnaubt haben: »Wenn dieser Knabe Barenthien sich nicht endlich am Riemen reißt, muss er die Konsequenzen tragen. Von meinen Schülerinnen und Schülern erwarte ich Solidarität und Engagement!«

Ein entsprechendes Schreiben der Internatsleitung an Daniels Eltern mit ähnlichem Inhalt sollte, den Gerüchten zufolge, bereits auf dem Weg in die Schweiz sein.

Tatsächlich hing Daniel jetzt, reichlich blass um die sonst sportlich gebräunte Nasenspitze, vor seinem Erbseneintopf und rührte lustlos darin herum.

Kiki überlegte kurz, ob sie rübergehen und ihn aufheitern sollte, aber dann verwarf sie diesen Gedanken ganz schnell wieder.

Der kann mich mal, dachte sie.

Sollte Daniel doch zu ihr kommen, wenn er jemanden zum Quatschen brauchte. Schließlich hatte sie, Kiki, bereits den ersten Schritt getan. Jetzt war eindeutig er an der Reihe.

Als Daniel mit gesenktem Kopf aufstand und seinen nur halb leer gegessenen Suppenteller auf den Geschirrwagen stellte, fragte Bente: »Meint ihr, der reitet heute Nachmittag mit?«

Rebecca guckte Daniel hinterher und wiegte den Kopf.

»Das wird er wohl müssen«, vermutete sie. »Der Ausritt umfasst schließlich die gesamte Pferdesparte. Da wird er sich kaum drücken können.«

»Nee, wo die Pauli sowieso schon schlecht auf ihn zu sprechen ist«, stimmte Karlchen zu, »wird sie ihm wohl kaum noch ein Extra-Würstchen spendieren. Apropos Würstchen«, Karlchen linste hungrig auf Kikis Teller, »darf ich dein zweites Würstchen haben oder isst du das noch?«

Als die Mädchen um kurz vor halb drei zum Stall gingen, liefen sie Herrn von Hohensee direkt in die Arme.

»So, ihr könnt es wohl kaum abwarten, was?«, lachte der nette Reitlehrer.

»Nee«, sagte Karlchen. Sie strahlte mit der Sonne um die Wette.

»So ein Ausritt mit Ihnen ist immer ein ganz besonderes Highlight, Herr von Hohensee«, schmeichelte Bente.

»Und sehr oft kommt das ja leider auch nicht vor«, ergänzte Kiki mit leisem Vorwurf in der Stimme.

»Wo geht's denn hin?«, wollte Karlchen schließlich wissen.

Herr von Hohensee stemmte beide Hände in die Hüften und musterte seine Reitschülerinnen der Reihe nach.

»Tja, wohin wollt ihr denn am liebsten?«, fragte er zurück.

Die Mädchen überlegten nicht lange.

»An den Strand natürlich!«, riefen sie im Chor, so laut, dass der Reitlehrer sich die Ohren zuhalten musste.

Herr von Hohensee schmunzelte.

»Das ist ja ein Zufall. Dann geht es euch genau wie mir.« Er ging voraus und öffnete die Stalltür. »Ich würde nämlich auch gerne einen kleinen Galopp an der Nordsee machen. Das weitet die Lungen und ist gut für den Teint.«

»Für unseren oder für den der Pferde?«, fragte Bente frech und schlüpfte schon an Herrn von Hohensee vorbei in den Stall.

»Manno, ein Strandritt!«, rief Karlchen. Sie sprintete in die Geschirrkammer, um Schnutes Zaumzeug und Sattel zu holen und nahm den kürzesten Weg zur Ponyweide. »Der erste in diesem Jahr. Das isses echt!« Um ihrer Begeisterung Ausdruck zu verleihen, machte sie einen hohen Luftsprung.

Eine halbe Stunde später waren alle fertig und versammelten sich im Hof. Ein Pferd wieherte, ein anderes trat unruhig von einem Huf auf den anderen. Sattelgurte wurden nachgezogen und Steigbügel heruntergelassen. Einer nach dem anderen saß auf und ordnete die Zügel. Dann ging es endlich los.

Die große Abteilung wurde von Herrn von Hohensee begleitet und von Merle Sander, einer jungen Pferdewirtschaftsmeisterin. In einer langen Reihe, immer zu zweit nebeneinander gehend, schritten die Pferde vom Schlosshof durch den alten Torbogen und über eine breite, gemauerte Brücke. Es war ein wunderschönes Bild, wie die bunten Pferdeleiber in der Sonne glänzten. Frau Dr. Paulus stand auf ihrem Balkon und winkte der Gruppe wohlwollend hinterher.

Der Ritt an die Nordsee dauerte eine Viertelstunde. Die jungen Reiterinnen und Reiter ließen ihre Pferde und Ponys auf den weich gefederten Feldwegen traben und schließlich, als der Weg sich zu einem offenen Feld hin öffnete, leicht angaloppieren.

Durch Zufall ritt Rebecca direkt neben Daniel Barenthien. Rebeccas Stute Karfunkel prustete und das Mädchen strich ihr zärtlich über den gewölbten Hals. Daniel warf dem Paar einen Seitenblick zu.«

»Ein schönes Pferd hast du da«, sagte er, die schlanke Rappstute aufrichtig bewundernd. Er bemerkte das auffällige Brandzeichen auf der Hinterhand der Stute, die charakteristische doppelte Elchschaufel. »He, ein echter Trakehner«, stellte er fachmännisch fest.

Rebecca nickte. »Ja. Ich glaube sogar, sie kommt aus der gleichen Zuchtlinie wie dein Hengst.«

Karlchen, Kiki und Bente, die ein Stückchen weiter hinten ritten, sahen, wie Rebecca und Daniel, quasi von Pferd zu Pferd, die Köpfe zusammensteckten, sich angeregt unterhielten und ab und zu herzlich lachten.

»Die scheinen sich ja prächtig zu verstehen«, sagte Kiki schnippisch. In ihrer Stimme lag ein kleiner Anflug von Eifersucht.

»Ich frage mich nur, worüber sich eine potenzielle Nobelpreisträgerin mit einem notorischen Schulversager unterhält«, meinte Bente nachdenklich.

»Wahrscheinlich über Pferde«, mutmaßte Karlchen. »Das ist das Einzige, was sie gemeinsam haben.«

Es stimmte. Rebecca und Daniel unterhielten sich tatsächlich ausführlich über ihre Pferde. Sie verfolgten die Zuchtlinien über mehrere Generationen zurück, verglichen die Stammbäume und stellten schließlich fest, dass die beiden Trakehner in der Tat einige gemeinsame Vorfahren hatten.

»Nun, so erstaunlich ist das eigentlich nicht«, sagte Rebecca, »wenn man bedenkt, dass alle Trakehner ursprünglich aus Ostpreußen stammen und einen einzigen gemeinsamen ›Ur-Vater‹, den Hengst Tempelhüter, haben.«

»Hey, ich find's trotzdem cool«, sagte Daniel und grinste Rebecca an. »Unsere Pferde sind miteinander verwandt. So'n Zufall.«

»Tja, da hast du wohl Recht«, erwiderte Rebecca. Sie warf Daniel einen Blick zu und verfing sich für einen Sekundenbruchteil in den blauen Augen des Jungen. »So ein Zufall«, murmelte sie.

Karlchen hob unterdessen schnuppernd die Stupsnase in den Wind.

»Hey, ich rieche schon das Meer!«, rief sie. »Hoppa, Snude, gleich geht's ab!«

Schnute ging eifrig vorwärts. Der stämmige Norweger hatte keine Probleme, mit den »Großen« Schritt zu halten. Er warf den Kopf hoch und wieherte schmetternd einen lauten Gruß in den sonnigen Nachmittag. Karlchen umarmte ihren Fjordi kurz und raunte ihm »Ach, Snude, ich hab dich so lieb!« ins falbfarbene Fell.

Als die Abteilung die Küste erreichte, breitete sich vor den Mädchen und Jungen der flach abfallende Strand fast menschenleer aus. Nur vereinzelt waren Strandspaziergänger unterwegs, die ohne Hast umherschlenderten, Muscheln suchten oder einfach die frische, würzige, nach Seetang und Meer riechende Seeluft genossen.

Die Nordsee hatte sich ganz weit zurückgezogen. Es war Ebbe und nur am Horizont war ein schmaler, grauer Streifen Wasser auszumachen. Der breite Sandstrand war feucht und hart. Wind und Wellen hatten den Boden geriffelt und ihm ein bizarres, wunderschönes Muster aufgedrückt.

Die flache, endlos scheinende Ebene lud zu einem herrlichen Galopp ein. Und schon gab Herr von Hohensee das Zeichen dazu. Er wandte sich im Sattel seines Fuchses um und hob eine Hand. Bereitwillig und munter folgten Pferde und Ponys dem Paar an der Tete.

»Jipiieh!«, juchzte Karlchen. Schnute machte unter ihr ein paar fröhliche Bocksprünge. Karlchen lachte nur und ließ ihren Fjordi einfach rennen.

Alle in der Abteilung waren geübte Reiter. Hier, in dieser

endlosen Weite, konnten sie ihre Vierbeiner so richtig toben lassen. Es gab nur eine einzige Regel, die alle zu befolgen hatten: Niemand durfte den Reitlehrer überholen. Aber der hatte seinem Jolly Jumper schon die Zügel hingegeben und jagte weit voraus.

Feuchter, körniger Sand und das Wasser aus flachen Prilen spritzte zur Seite, als beschlagene und unbeschlagene Hufe über den Strand hinwegdonnerten. Die Gesichter der Jungen und Mädchen glühten, ihre Augen leuchteten.

Rebecca und Daniel galoppierten Seite an Seite. Sie ritten so dicht nebeneinander, dass sich hin und wieder die Steigbügel mit einem leisen Klirren berührten. Der Rappstute und dem Schimmelhengst schien es zu gefallen, so nebeneinander über den Sand zu preschen. Mit spielenden Ohren und weit geöffneten Nüstern schien ein Pferd auf das andere zu lauschen und sich dem Rhythmus des anderen anzupassen.

»Karfunkel und Mystery scheinen sich zu mögen«, rief Daniel gegen den scharfen Wind Rebecca zu. »Vielleicht spüren sie die Blutsverwandschaft.«

Rebecca lachte Daniel an. Sie saß leicht vorgebeugt im Sattel und strich ihrer Stute über den Mähnenkamm. Rebecca hatte Tränen in den Augen von dem schnellen Ritt, aber sie achtete gar nicht darauf. Ihre geliebte Rappstute flog nur so mit dem Wind; fast schien es, als würden Karfunkels Hufe den Boden nicht mehr berühren, und Rebecca flog mit ihr. Ihr Herz fühlte sich frei an, ganz leicht.

Wie ein Vogel, dachte sie und klopfte Karfunkel aufmunternd den Hals. »Hopp, meine Kleine, lass uns fliegen!«

Auch der schönste Ausritt hat einen Haken: Irgendwann ist er vorbei. Als Herr von Hohensee seinen Wallach sanft durchparierte und wendete, taten es die anderen ihm gleich.

Im langsamen Schritt ging es zurück. Die Pferde schnaubten und prusteten, sie schüttelten die Mähnen und als die Reiter ihnen die Zügel hingaben, streckten sie sich dankbar.

»Mensch, war das toll!« Daniels Augen funkelten vor Begeisterung. Sie schienen noch blauer zu sein als zuvor. Sie hatten die leuchtende Farbe des wolkenlosen Himmels.

»Allein das ist es wert, hier zu bleiben«, sagte Daniel nachdenklich, während er seinem Rappschimmel den Hals klopfte. Er sah Rebecca an. »Solche Ausritte kann man wirklich nur am Meer genießen.«

Rebecca nickte. Sie guckte weiter geradeaus.

»Dann arbeite daran«, sagte sie, ohne großartig darüber nachgedacht zu haben. »Tu was dafür, dass du hier bleiben und weiterhin mit deinem Mystery über den Strand galoppieren kannst, Daniel.«

»Ich weiß nicht, ob ich das schaffe«, erwiderte Daniel leise, ohne den Blick von Rebecca und Karfunkel zu nehmen. »Auf jeden Fall wird es sehr schwer werden, glaube ich.«

»Aber nicht, wenn ich dir helfe.« Rebecca nahm die Zügel auf, legte die Schenkel an und trabte, ohne sich noch einmal umzudrehen, davon.

Daniel hielt Mystery, der der Stute folgen wollte, zurück. Nachdenklich schaute er Rebecca hinterher.

6

In den nächsten Tagen ertappte sich Rebecca dabei, dass sie Daniel Barenthien aus dem Weg ging. Sie ärgerte sich über das, was sie am Strand zu ihm gesagt hatte. Vor allen Dingen war sie nicht sicher, ob er es richtig verstanden hatte. Jedenfalls war Daniel nach dem Ausritt auf Rebeccas Angebot, ihm helfen zu wollen, nicht zurückgekommen. Im Gegenteil: Auch er schien dem Mädchen aus dem Weg zu gehen, was allerdings auch nicht sehr schwer war, da sie total unterschiedliche Stundenpläne hatten und auch zu verschiedenen Zeiten ritten.

Daniel trainierte nach seinem eigenen Plan mit seinem Hengst für die Military, meistens am späten Nachmittag oder am frühen Abend, wenn in den Ställen, in der Halle und auf dem Viereck Ruhe herrschte. Und außerdem stand Mystery ja im Hengststall und Karfunkel im Stutenstall des Internats. Die Wahrscheinlichkeit, dass sich Rebeccas und Daniels Wege durch Zufall kreuzten, war also sehr gering.

Was Daniel tat, wenn kein Unterricht war und er nicht mit Mystery für die Vielseitigkeit trainierte, wusste Rebecca nicht. Sie nahm an, er würde in seinem Zimmer hocken und den theoretischen Teil des Trainings abhaken. Dass er fleißig Hausaufgaben machte und an seinem schulischen Fortkommen arbeitete, konnte sie sich jedenfalls nur schwer vorstellen.

Als Rebecca beim Mittagessen gedankenverloren in ihrem Kartoffelbrei herumrührte, stöhnte Bente auf. Sie hatte die

Appetitlosigkeit der Freundin aufmerksam registriert und für sie konnte es dafür nur einen Grund geben: Daniel.

»Bitte nicht«, sagte Bente und verzog das Gesicht, als hätte sie in eine saure Zitrone gebissen. »Nicht schon wieder dieser Daniel-Virus!«

Rebecca hob den Blick von ihrem Teller und dem Physikbuch, das sie nebenbei auswendig zu lernen schien, blickte die Freundin an und hob die Augenbrauen.

»Was willst du denn damit andeuten?«, fragte sie überrascht.

»Na, dass du dich seit dem Strandritt ein bisschen sehr merkwürdig benimmst«, erwiderte Bente ohne Umschweife. »Ich glaub, du hast Daniel einmal zu tief in die blauen Augen geguckt. Jedenfalls wirkst du reichlich abwesend. Und das«, Bente grinste breit, »kommt meistens vor, wenn man schwer verknallt ist, meine Liebe.«

»Du musst es ja wissen.« Rebecca raffte ihre Bücher zusammen und schob den kaum angerührten Teller zur Seite. »Du bist ja schließlich Expertin in solchen Sachen, nicht?«, zischte sie. »Aber stell dir vor: Es gibt Wichtigeres im Leben als Jungs. Für mich jedenfalls!« Rebecca verließ mit schnellen Schritten den Speisesaal.

»Willst du deinen Nachtisch nicht mehr essen?«, rief Karlchen noch, aber die Tür war schon hinter Rebecca ins Schloss gefallen. »Dann nicht«, meinte Karlchen schulterzuckend und angelte sich die Puddingschlüssel der Freundin. »Lecker, Karamell, mein Lieblingspudding.«

Kiki starrte Bente und Karlchen an.

»Meint ihr echt, Rebecca ist in Daniel verknallt?« Sie machte ein ungläubiges Gesicht. »Die passen doch überhaupt nicht zusammen!«

»Gegensätze ziehen sich an, das ist nun mal so«, mümmelte Karlchen und schleckte unbeirrt ihre, beziehungsweise Rebeccas, Puddingschüssel aus, was Frau Wuttig mit einem sehr missbilligenden Blick quittierte.

»Aber trotzdem!« Kiki verzog das Gesicht. »Ausgerechnet unsere Intelligenzbestie und dieser hochnäsige Chaot ... Nee, das kann ich mir echt nicht vorstellen.« Sie machte eine Pause und sagte dann: »Rebecca war schließlich noch nie verknallt. Jedenfalls nicht, seit ich sie kenne.«

»Dann wird's aber mal höchste Zeit.« Bente stand auf und schob ihren Stuhl unter den Tisch. »Dass es nun aber unbedingt der süße Daniel Barenthien sein muss.« Sie guckte Kiki an. »An dem hast du schließlich die älteren Rechte.«

Kiki blieb nachdenklich am Tisch sitzen. Eigentlich hatte Bente Recht: Sie war zuerst in Daniel verknallt gewesen. Wie kam Rebecca dazu, ihr jetzt dazwischenzufunken?

Kiki schüttelte den Kopf und beeilte sich, die Freundinnen einzuholen. »So'n Quatsch«, dachte sie. »Rebecca und Daniel ...« Das waren Gegensätze wie Wasser und Feuer, wie Sonne und Schatten, wie ... Nee, das war vollkommen ausgeschlossen. Wie kam Bente nur auf eine solch irre Idee?

Kiki übte jetzt jeden Abend im Musiksaal für das Violinkonzert. Der große Tag rückte immer näher und da das Schloss-Internat Rosenberg nicht nur sportliche Talente förderte, sondern auch musikalische, galt Frau Dr. Paulus' Interesse im Moment ganz besonders ihrer hochbegabten Musikschülerin Kiki van der Slooten.

Kiki dachte aber gar nicht daran, wegen der Geigenstunden ihr Pferd zu vernachlässigen. Im Gegenteil: Sie spielte nun schon so lange Violine, dass sie die kompliziertesten Tonfolgen fast im Schlaf beherrschte. Es ging jetzt eigentlich ohnehin mehr darum, mit der Internatsleitung, die auch Veranstalter des Soloauftritts war, das Konzertprogramm festzulegen. Die Musik, so sagte Kiki immer, flutscht sowieso von alleine.

Kiki ging also wie jeden Nachmittag in den Stall, um ihren Torphy zu besuchen. Da heute kein Reitunterricht war, wollte sie den dunkelbraunen Wallach ein bisschen longieren und ihn anschließend mal so richtig mit endlosen Kardätschenstrichen verwöhnen. Torphy liebte es nämlich, stundenlang geputzt zu werden. Er stand dann immer besonders still und seine tiefen Augen bekamen einen ganz verträumten Ausdruck.

»Na, mein Süßer«, raunte Kiki ihrem Pferd zu, »hast du Langeweile?«

Torphy stand in seiner Box und stopfte Strohhalme in die Selbsttränke. Eine blöde Angewohnheit, der der Wallach immer dann verfiel, wenn er sich vernachlässigt fühlte und nichts mit sich anzufangen wusste. Als Torphy seine junge Besitzerin bemerkte, brummelte er leise und ließ den letzten Halm schuldbewusst ins Stroh fallen. Kiki beeilte sich, die langen, mit dem Maul schön fest gestopften Strohhalme aus der Tränke zu ziehen.

»Torphy, das kann eine üble Verstopfung geben«, schimpfte Kiki mit ihrem Braunen. »Du blockierst die ganze Tränke und dann haben wir den Salat.«

»Eher eine Überschwemmung«, sagte eine Stimme hinter Kikis Rücken.

Erschrocken fuhr das Mädchen herum. Vor Torphys Box

stand ein Junge, dunkelblond und braun gebrannt, mit Reithosen und langen Stiefeln. Kiki hatte den Jungen noch nie zuvor im Stall gesehen.

»Hi«, sagte er. »Ich bin Patrick. Patrick Falkenberg, um es genau zu sagen.« Er streckte Kiki eine Hand entgegen. »Und wer bist du?«

Kiki erwiderte den festen Händedruck. »Kiki van der Slooten. Und dieser Tränkenverstopfer hier«, sie zauste Torphy durch die Mähne, »ist Torphy, ein belgischer Warmblüter. Er gehört mir.«

»Das hab ich mir schon fast gedacht«, sagte Patrick. Er lehnte sich lässig gegen den Türpfosten. »Macht er das öfter? Ich meine, das mit der Tränke?« Patrick klopfte Torphy den Hals. »Ich hab nämlich heute früh schon eine Ladung Stroh aus seiner Selbsttränke gefischt. Ich dachte schon, er wollte sich vielleicht ein Müsli zubereiten.«

Kiki lachte. Dieser Patrick gefiel ihr. Er war groß und wirkte durchtrainiert. Die Reithose und die Lederstiefel standen ihm unheimlich gut. Und er hatte tolle, tiefbraune Augen.

»Nee, er macht das eigentlich nur, wenn er tierische Langeweile hat«, erwiderte Kiki fröhlich. »Aber wieso heute Morgen? Was hast du so früh schon im Stall zu suchen?« Kiki zog die Augenbrauen zusammen. »Ich hab dich hier noch nie gesehen. Bist du ein neuer Schüler?«

Patrick schüttelte den Kopf. »Nee«, sagte er, »entschuldige, das hab ich ganz vergessen.« Er deutete eine halbe Verbeugung an und lächelte. »Ich bin der neue Azubi.«

»Der neue was?« Kiki machte ein ratloses Gesicht.

»Na, der neue Azubi. Der neue Aus-zu-bil-den-de«, erklärte Patrick, jede Silbe betonend. »Pferdewirt, Schwerpunkt Zucht und Haltung. Hier auf Rosenberg.«

»Ach so«, Kiki lachte, »jetzt versteh ich! Herr von Hohensee hat gar nichts von einem neuen Lehrling gesagt.«

»Sorry, das hat er wohl vergessen«, sagte Patrick. »Ich bin aber auch erst seit heute hier.« Er strich durch Torphys Mähne und ganz kurz berührten seine Finger Kikis Hand, die diese auf Torphys Hals liegen hatte. Kiki zog ihre Hand blitzschnell zurück.

Patrick tat, als hätte er es nicht bemerkt und sagte: »Wir sehen uns dann wohl öfter, nicht?«

»Anzunehmen«, erwiderte Kiki.

Eine kleine Pause entstand, in der keiner so richtig wusste, was er sagen sollte. Torphy löste das Problem auf seine Weise, indem er Kiki mit seinem großen Kopf auffordernd anstupste.

»Ach ja«, sagte Kiki schnell, »ich wollte Torphy eigentlich longieren. Weißt du zufällig, ob der Longierzirkel frei ist, Patrick?«

Patrick nickte und reichte Kiki Torphys Halfter.

»Ja, ist frei«, sagte er knapp. Er trat einen Schritt zur Seite, um für das Mädchen und den Wallach Platz zu machen. »Was dagegen, wenn ich euch ein bisschen zuschaue? Ich hab heute nämlich noch Schontag und soll mir alles in Ruhe angucken, hat Herr von Hohensee gesagt.« Er sah Kiki offen an und lächelte dabei leicht.

»Klar, wenn dir das nicht zu langweilig ist.« Kiki ging mit Torphy an dem Jungen vorbei. »Hast du Lust, das Longierzeug zu holen?«, fragte sie über die Schulter. »Hängt in der Sattelkammer ganz links.«

Während Kiki Torphy aufzäumte, legte Patrick dem Wallach den Longiergurt an und befestigte die Ausbindezügel links und rechts.

»Torphy ist ein echt starkes Pferd«, meinte Patrick mit Kennerblick. Er strich dem Braunen prüfend über die Muskeln. »Mit diesem Körperbau springt der bestimmt wie ein Känguru.«

»Ja, stimmt.« Kiki schloss den Kinnriemen und nahm die Longierleine auf. »Springen ist unsere Paradedisziplin. Hast du auch ein Pferd?«

»Klar, Snorri, ein Isländer.« Patrick wies mit dem Kopf in Richtung Ponyweide. »Er steht natürlich auf der Koppel bei den anderen Robustpferden und nicht im Stall. Hast du schon einmal einen Isländer geritten?«

Kiki schüttelte den Kopf, während sie die Ausbinder einklinkte. »Nee, noch nie«, gab sie zu. »Aber ich hab schon viel darüber gehört und gelesen, wie toll das sein soll. Kann dein Snorri tölten?«

»Na logo«, sagte Patrick, »wie ein Weltmeister. Weißt du, wenn du auf einem töltenden Isländer sitzt, hast du das Gefühl, auf Wolke sieben zu schweben. Das kann man gar nicht beschreiben.« Er zögerte und tätschelte Torphys Brust. »Wenn du Lust hast, kannst du Snorri gerne mal reiten.« Patricks Blick war freundlich und offen. Kiki staunte abermals über die tiefdunklen, fast schwarzen Augen des Jungen. Solche Augen hatte sie wirklich noch nie zuvor gesehen.

»Aber ich weiß gar nicht, wie man einen Isländer in den Tölt kriegt«, gab sie zu bedenken. »Wie gesagt: Ich habe noch nie einen geritten.«

Kiki erinnerte sich daran, in einem Fachbuch etwas übers

Tölten gelesen zu haben. Alle Pferde der Welt verfügen über drei Grundgangarten – Schritt, Trab und Galopp, logisch. Die Islandpferde dagegen haben noch einen »vierten Gang«, den Tölt. In dieser Gangart haben die Pferde keine Sprungphase, sondern sie bewegen die Beine rasch nacheinander aufsetzend, wodurch eine ruhige und gleichmäßig fließende Bewegung entsteht, die den Reiter sehr komfortabel sitzen lässt. Die Köpfe der töltenden Isländer werden hoch und frei getragen, Mähnen und Schweife fallen dann in den charakteristischen Wellen. Manche Isländer können töltend sogar Galoppgeschwindigkeit erreichen, was Kiki sehr beeindruckte. Dann gibt es auch noch den Rennpass, aber … Kiki schüttelte energisch den Kopf. Das führte nun doch zu weit.

»Okay«, sagte sie grinsend zu Patrick. »Ich würde deinen Isi sehr gerne mal kennen lernen und, wenn du erlaubst, auch reiten. Aber ob's mit dem Tölt klappt, kann ich dir nicht versprechen. Ist das sehr schwer zu lernen?«

»Ach was, nicht die Spur. Das verklicker ich dir dann schon.« Patrick ging voraus und schob die Absperrstange des Longierzirkels zur Seite. »Du wirst sehen, es ist das tollste Gefühl der Welt!«

Während Kiki Torphy auf der rechten Hand antraben ließ, lehnte Patrick am Zaun und sah ihr zu. Er kaute auf einem Grashalm, hin und wieder lächelte er. Kiki achtete gar nicht auf Patrick. Wie immer, wenn sie mit ihrem Pferd arbeitete, war sie konzentriert und hatte nur Augen und Ohren für Torphy. Es machte ihr nichts aus, dabei beobachtet zu werden. Schließlich war Kiki daran gewöhnt, dass sie bei Konzerten oder Prüfungen Zuschauer hatte. Und Patricks Anwesenheit war ihr überhaupt kein bisschen unangenehm. Im Gegenteil. Patricks ruhige, selbstbewusste Art gefiel ihr.

Als Kiki nach einer halben Stunde fand, es würde reichen, rief sie Patrick zu: »Schiebst du bitte die Stange auf?«

Patrick schien sie nicht gehört zu haben oder er war mit den Gedanken woanders, denn er reagierte überhaupt nicht. Erst als Kiki Torphy lobte und an die Absperrstange führte, erwachte er aus seinen Tagträumen.

»Hey, hab ich dich gestört?«, lachte Kiki. »Du hast ausgesehen, als wärst du ganz weit weg gewesen.«

»Ich kenne dich«, sagte Patrick, ohne auf Kikis Frage zu antworten. Er musterte Kiki von oben bis unten. »Die ganze Zeit über hab ich schon überlegt, woher ich dich kenne, und eben ist es mir eingefallen.« Er grinste über das ganze Gesicht und schob endlich die Stange zurück, um Kiki und Torphy durchzulassen. »Du bist diese Geigenvirtuosin, stimmt's? Ich habe ein Poster von dir an einem Vorverkaufsschalter in der Stadt gesehen.«

»Ertappt«, sagte Kiki. »Ich bin es tatsächlich. Ende Mai gebe ich ein Konzert hier auf Rosenberg. Neben Torphy«, sie streichelte liebevoll die schmale Schnippe auf der Nase des Braunen, »habe ich nämlich noch eine große Liebe: meine Geige.«

»Das finde ich ja stark«, erwiderte Patrick ehrlich. »Ich steh auf klassische Musik. Echt wahr«, sagte er, als er Kikis ungläubiges Gesicht bemerkte. »Ich finde, es gibt nichts Entspannenderes, als sich an einem warmen Sommerabend zum Beispiel *Die Vier Jahreszeiten* von Vivaldi anzuhören und dabei zu träumen.«

»Ein angehender Pferdewirt, der klassische Musik hört und

dabei träumt? Du willst mich veräppeln, oder?« Kiki grinste und führte Torphy vom Zirkel.

Patrick machte ein tödlich beleidigtes Gesicht.

»Warum denn nicht?«, fragte er. »Das eine schließt das andere doch nicht aus, oder? Du magst doch auch beides: die Pferde und die Musik.«

»Stimmt«, gab Kiki zu, »aber ich dachte bis jetzt immer, ich sei eine Ausnahme.«

Sie brachte Torphy zum Stall zurück und nahm ihm Zaumzeug und Longiergurt ab. Patrick rollte einen Wasserschlauch ab und kühlte Torphys Beine.

»Hast du schon mal eine eigene CD aufgenommen?«, fragte Patrick über Torphys Rücken hinweg. »Ich würde gerne mal was von dir hören.«

»Ich?« Kiki schüttelte energisch den Kopf. »Nee, so berühmt bin ich noch lange nicht. Aber du kannst ja zu meinem Konzert kommen. Ich kann dir bestimmt eine Freikarte besorgen.«

»Das würde mich echt freuen.« Der junge Pferdewirt holte Kikis Putzkiste aus der Sattelkammer und gemeinsam machten sie sich daran, Torphy auf Hochglanz zu polieren. Dem Wallach gefiel diese Extrabehandlung so gut, dass er still stand wie ein Denkmal und dabei fast einzuschlafen schien.

»Sag mal«, sagte Patrick nach einer ganzen Weile, »das mit der CD ... Ein Freund von mir arbeitet als Praktikant in einem Tonstudio in Hamburg. So viel ich weiß, werden da auch klassische Sachen aufgenommen.« Er warf Kiki einen warmen Blick aus seinen dunkelbraunen Augen zu. »Wenn du willst, frage ich ihn mal.«

Eine CD? Mit ihrer Musik drauf? Kiki spürte ein Kribbeln auf der Haut. »Meinst du echt?«, fragte sie. »Das wäre ja …«

»… nicht schlecht?«, half ihr Patrick auf die Sprünge.

»Der Wahnsinn wäre das!« Kiki strahlte den Jungen an. »Der absolute Wahnsinn!«

Als Karlchen am Abend Kiki in ihrem Zimmer besuchte, fand sie die Freundin auf dem Bett liegend und mit weit geöffneten Augen die Decke anstarrend vor.

»Was ist denn nun schon wieder los?«, fragte Karlchen und musterte Kiki mit einem beunruhigten Blick.

»Ach, Karlchen«, seufzte Kiki mit einem Ausdruck in den Augen, der eindeutig nicht von dieser Welt war, »ich glaub, ich bin verliebt.«

»Ach so.« Karlchen ließ eine Kaugummiblase zerplatzen. »Und ich dachte schon, es wäre was Ernstes.«

7

Am nächsten Tag war Ruhetag im Stall. Die Sonne schien von einem strahlend blauen Himmel und von der Nordsee her kam ein milder Wind, der das Laub der Bäume leise hin und her wiegte. Die Mädchen hatten Decken und Kissen aus ihren Zimmern in den Schlosspark geschleppt und es sich im Gras unter den uralten Linden so richtig gemütlich gemacht.

Überall lagen und saßen Grüppchen von Schülern auf dem Rasen, unterhielten sich, lasen oder hörten leise Musik.

Karlchen und Bente lagen auf dem Bauch und blätterten Seite an Seite in der neuen *Wendy*. Kiki lag hingestreckt in der Sonne und ließ sich bräunen, während Rebecca mit dem Rücken an einem Baumstamm lehnte und träumte. Zwischen den Freundinnen herrschte entspanntes Schweigen. Ab und zu griff eine in die mitgebrachte Chipstüte oder trank einen Schluck Limo. Karlchen brummte zufrieden.

»Hach, ist das schön«, sagte sie. »Schon fast wie Ferien, nicht?«

Bente nickte zustimmend.

»Ja, so ein Ruhetag hat echt was Gutes«, schloss sie sich der Meinung der Freundin an. »Die Pferde stehen auf der Weide und können tun und lassen, was sie wollen. Und wir können das tolle Wetter genießen, statt in der staubigen Reithalle zu schwitzen.«

»Ich muss leider gleich noch ein Stündchen im Musikzimmer schwitzen«, sagte Kiki bedauernd, »das heißt, eigentlich ist es da eher kühl. Ständig läuft eine Klimaanlage, damit die Instrumente nicht verstimmen. Und außerdem lagern dort in den Schränken sehr alte, unersetzliche Notenblätter, die keine Temperaturschwankungen vertragen. Richtig professionell, wie in einem Museum!«

»Steht denn das endgültige Programm für deinen großen Auftritt schon?«, erkundigte sich Rebecca.

»Ja, logo. Die Pauli hat alles abgesegnet.« Kiki blinzelte in die Sonne. »Ich glaube, wir haben ein echt schönes Programm zusammengestellt. Für jeden Geschmack wird etwas dabei sein.«

»Hauptsache, deinem neuen Schwarm gefällt's«, warf Karlchen grinsend ein. »Wie wär's mit der »Leichten Kavallerie« von Franz von Suppé oder wie der heißt?«

»Du Kulturbanause! Das ist doch kein Geigenstück!« Kiki schüttelte sich. »Außerdem weiß ich ja noch gar nicht, ob Patrick auch wirklich kommt.«

»Klar kommt der.« Karlchen war sich absolut sicher. »Alleine schon, um dich in deinem raffiniert geschnittenen Abendkleid zu sehen.«

Kiki rupfte ein dickes Büschel Gras aus und warf es Karlchen an den Kopf, als plötzlich ein lautes Wiehern ertönte.

»Der hält sich nicht mal an den Ruhetag«, sagte Bente erstaunt. »Guckt mal da.«

Sie deutete mit dem Finger auf den Torbogen, durch den in diesem Moment ein allseits bekannter blonder Junge auf einem mächtigen Schimmel ritt. Natürlich war es Daniel, der seinen Hengst, der den Stuten auf der Weide noch einmal zuwieherte, am langen Zügel über die Schlossbrücke gehen ließ.

»Nun, er hat gesagt, er muss jeden Tag trainieren«, sagte Kiki, »wenn er in Luhmühlen erfolgreich sein will.«

»So ein Ehrgeizling«, schnaubte Karlchen. »Das arme Pferd braucht doch schließlich auch mal Ruhe!«

»Gesunder Ehrgeiz hat noch niemandem geschadet, liebes Karlchen«, sagte Rebecca ein bisschen spitz und fügte noch hinzu: »Auch einem konditionell starken Pferd nicht.«

Bente wiegte den Kopf und sah dem Reiter hinterher. »Klar, tägliche Bewegung ist für Pferde besser, als sie den ganzen Tag im Stall stehen zu lassen«, meinte sie, »aber trotzdem: Ich finde Karlchen hat Recht. Daniel übertreibt ein bisschen. Bis zum Herbst ist es schließlich noch lange hin. Wenn er so weitermacht, ist Mystery bei der Prüfung total ausgepumpt. Womöglich verletzt er sich sogar, so wie der Blödkopf jeden Tag mit ihm durch die Botanik prescht! Armer Mystery, kann ich da nur sagen.«

Bente engagierte sich aktiv für den Tierschutz. Sie leitete eine Gruppe der örtlichen Tierschutzjugend, protestierte mit vollem Einsatz gegen Massentierhaltung, Schlachtviehtransporte und das brutale Robbenschlachten. Für den »Rosenberg-Boten« schrieb sie als freie Redakteurin häufig Artikel über aktuelle Tierschutzthemen und wenn sie es für notwendig hielt, sammelte sie im Internat Unterschriften für Petitionen, die sie ohne zu zögern auch schon mal direkt an den Bundespräsidenten schickte, ohne allerdings jemals mehr als ein vorgedrucktes Antwortschreiben erhalten zu haben. Aber Bente ließ sich nicht entmutigen. Jeden zweiten Sonntag im Monat arbeitete sie ehrenamtlich im Tierheim in der Nähe, führte dort Hunde aus, spielte mit den Katzen und machte Tierkäfige sauber. Klar, dass sie der sogar in Reiterkreisen umstrittenen Military sehr skeptisch, wenn nicht sogar ablehnend, gegenüberstand.

»Blödsinn. Daniel wird schon am besten wissen, was er seinem Pferd zumuten kann und was nicht. Er reitet ja nicht erst seit gestern.« Für Kiki war das Thema erledigt. Sie ließ sich ins warme Gras zurücksinken und schloss die Augen.

Rebecca zögerte, dann sagte sie: »Das glaube ich allerdings auch. Trotzdem ...«, sie machte eine Pause und sah gerade noch, wie der schöne Schimmelhengst mit seinem Reiter hinter einer Wegbiegung verschwand. »Daniel sollte wenigstens einen kleinen Bruchteil seines Ehrgeizes auf die Schule verwenden, sonst könnte das böse enden.«

»Hauptsache, es endet für Mystery nicht böse«, brummte Bente mürrisch. »An das Pferd denkt ihr wohl gar nicht? Na, ich werde diesen Daniel und seine Trainingsmethoden jedenfalls im Auge behalten. Wenn ich sehe, dass er den Hengst überanstrengt, kriegt er eine Anzeige von mir an die Backe, darauf könnt ihr euch verlassen. Da kenne ich nichts!«

»Hey, Daniel wird schon nichts tun, womit er seinem Pferd schadet, Bente«, sagte Kiki einlenkend. »Du, der liebt seinen Hengst ganz genauso wie wir unsere Pferde.«

»Ist doch außerdem nicht unser Bier, oder?« Karlchen ließ die Chipstüte kreisen. »Ich meine, solange er anständig reitet und Mystery nichts tut.« Sie zog die Nase kraus wie ein Dackelwelpe und meinte dann nachdenklich: »Allerdings wundere ich mich total darüber, dass die Pauli ihm den Ausritt genehmigt hat. Sonst ist die doch immer so streng mit schlechten Schülern.«

Als der Hufschlag des Pferdes langsam leiser wurde und schließlich ganz verstummte, kehrte im Schlosspark wieder himmlische Ruhe ein. Rebecca griff nach ihrer unvermeidlichen Formelsammlung, ihre drei Freundinnen dösten.

Sie merkten zuerst gar nicht, dass sich am Horizont dicke Wolkenberge auftürmten. Erst als der Wind heftiger wurde und in plötzlichen Böen durch den Park fuhr, Rebeccas Formelheft durchzauste und die Chipstüte davonwehen ließ, hoben die Freundinnen die Köpfe und wandten ihre Blicke dem Himmel zu.

»Oha, da braut sich was zusammen!« Karlchen sprang auf und jagte der Chipstüte hinterher, während die Freundinnen schnell Kissen, Decken und Bücher zusammenrafften und schon in Richtung Schloss liefen.

Der Wind fauchte zwischen den Bäumen hindurch und schien aus allen Richtungen zu kommen. Die Sonne war schon hinter dunklen, fast schwarzen Wolken verschwunden. Es war schlagartig kühl geworden. Überall im Park sprangen die Mädchen und Jungen auf, packten ihre Siebensachen und gingen mit langen Schritten zum Schloss zurück.

Karlchen war es inzwischen gelungen, die zerfetzte Chipstüte einzufangen. Als sie sie in den Mülleimer warf, fiel ihr Blick auf die Ponys und Pferde, die unruhig auf den großen Koppeln umherliefen.

»Keine Bange, Snude«, murmelte Karlchen in Richtung ihres kleinen Norwegers, den sie in der bunten Ponyherde ausmachen konnte, »das ist bloß ein harmloses Sommergewitter. Das ist genauso schnell vorbei, wie's gekommen ist.« Aber als Karlchen zum Himmel hochsah, bekam sie doch einen gehörigen Schrecken. Die Wolkentürme schienen immer höher zu wachsen. Richtig schwarz waren sie nun und der Rest des Himmels wirkte schweflig gelb. Karlchen warf

Schnute einen besorgten Blick zu. Der dicke Wallach trabte inmitten der anderen Ponys am Zaun entlang. Die Pferde schienen Schutz zu suchen. Die Großpferde auf der Nachbarkoppel fielen in Galopp.

»Mannomann«, brummte Karlchen, »das sieht aber gar nicht gut aus.«

So schnell sie konnte, lief sie zum Schloss. Die breiten Steinstufen am Eingang nahm Karlchen mit drei Sätzen. In der riesigen Eingangshalle mit der hohen Decke warteten schon Kiki, Bente und Rebecca auf die Freundin.

»Die Pferde müssen rein«, keuchte Karlchen. Sie bemühte sich, wieder zu Atem zu kommen. »Die flippen total aus. Wo ist Herr von Hohensee?«

»Herr von Hohensee ist bereits im Stall.« Die Internatsleiterin Frau Dr. Paulus hatte die große Halle betreten. Sie hob die Hände, um das aufgeregte Murmeln der versammelten Schülerschar zu dämpfen und sich Gehör zu verschaffen. »Er bittet alle Reitschülerinnen und Reitschüler ebenfalls zu den Stallungen zu kommen, um die Pferde in Sicherheit zu bringen. Bitte beeilt euch, aber seid vorsichtig!«

An die anderen Schülerinnen und Schüler gewandt sagte sie: »Ihr anderen geht bitte auf eure Zimmer oder in die Aufenthaltsräume.« Frau Dr. Paulus wandte sich um und ging mit großen Schritten in ihr Büro. Die Tür ließ sie offen. Kiki konnte sehen, dass die alte Dame mit besorgtem Blick aus dem Fenster sah.

»Los, worauf warten wir noch?« Karlchen war schon vorausgeeilt und hielt die schwere Eingangstür auf. Immer wieder versuchten heftige Böen, Karlchen die Tür aus der Hand zu reißen. Aber sie hielt eisern fest und ließ die Freundinnen durch. Gemeinsam mit den anderen beunruhigten Pony- und Pferdebesitzern rannten die vier Mädchen über den Hof.

Herr von Hohensee erwartete sie vor dem Stutenstall.

»Wir bringen die Stuten und Wallache rein«, rief er gegen den Wind. »Merle hilft bei den Ponys. Bringt sie in den großen Laufstall, okay?«, wandte er sich an die Ponybesitzer. »Um die Hengste kümmert sich Patrick. Er ist schon auf der Koppel.«

Ein dunkles Donnergrollen unterbrach den Reitlehrer. Ein erster Blitz erhellte die gespenstische Szenerie. Die Gesichter der Umstehenden sahen unnatürlich blass aus.

»Wir müssen uns beeilen«, fuhr Herr von Hohensee fort. »Die Pferde müssen im Stall sein, bevor es richtig losgeht, sonst gehen sie uns noch durch. Aber seid besonnen und vorsichtig«, bat er. »Alles muss möglichst ruhig ablaufen, klar?«

Alle nickten. Kiki, Karlchen, Bente und Rebecca gingen mit den anderen in die Geschirrkammer, um Halfter und Führstricke zu holen, dann lief Karlchen davon, um sich um Schnute zu kümmern.

»Wir sehen uns später«, rief sie den Freundinnen über die Schulter zu. »Viel Glück!«

»Gleichfalls«, rief Kiki zurück. »Und pass auf dich auf!«

Flippi, Karfunkel und Torphy liefen mit den anderen Pferden der Stuten- und Wallachherde nervös am Zaun hin und her. Die Pferde drängten sich dicht aneinander.

»Wie sollen wir die jemals auseinander sortiert bekommen?«, jammerte Bente.

Ein erneuter Donnerschlag ließ das Mädchen zusammenfahren. Zwei Blitze zuckten über den jetzt fast schwarzen Horizont.

»Irgendwie wird's schon gehen«, rief Rebecca der Freundin zu. »Wir müssen nur verhindern, dass sie durchgehen, wenn wir das Gatter öffnen.«

Sven machte das Tor auf und ließ die Freundinnen durch.

»Ich bleib hier stehen«, sagte er ruhig, »und passe auf, dass kein Pferd entwischt.«

»Gute Idee.« Kiki nickte und stapfte voran. »Dann mal los …«

Einem älteren Mädchen aus der Gruppe gelang es, einem schwerfälligen Wallach das Halfter überzustreifen. Der Braune schien fast erleichtert zu sein, dass seine Besitzerin gekommen war und ihn jetzt am Führstrick festhielt und beruhigend auf ihn einredete.

»Brav, Goran«, murmelte das Mädchen. »Los, solange Goran hier so ruhig steht, könnt ihr vielleicht eure Pferde anlocken und ebenfalls einfangen!«, rief sie den anderen zu. »Ich kann mit Goran die Führung zum Stall übernehmen. Der ist froh, wenn er ein Dach über dem Kopf hat.« Sie klopfte Gorans Hals. »Nicht, Dicker? Du haust nicht ab, gelle?«

Kiki hatte Torphy in der Pferdegruppe entdeckt und ging nun, laut zu ihm sprechend, auf ihn zu. Sie hielt die Hand ausgestreckt, als ob sie ein Leckerli darin hätte, und tatsächlich hob Torphy den Kopf und brummelte leise, als er seine Besitzerin sah. Er machte den Hals ganz lang und Kiki griff ihm beherzt in die lange Stirnmähne.

»Guter Junge«, murmelte sie, während sie ihrem Wallach das Halfter überzog und ein lauter Knall die Pferde erneut in Unruhe versetzte. »Ist doch nur ein blödes Gewitter«, murmelte Kiki. »Komm, Kleiner, gleich geht's in den warmen Stall.«

Auch Bente und Rebecca waren bei ihren Pferden angelangt.

Die Fuchsstute Flippi hatte einen panischen Ausdruck im Gesicht. Die dunklen Augen entsetzt aufgerissen und mit weit geöffneten Nüstern heftig schnorchelnd, tänzelte sie nervös hin und her. Bente hatte Mühe, ihr das Halfter über den hoch erhobenen Kopf zu ziehen. Als ihr die Stute schmerzhaft auf den Fuß trat, biss sich Bente auf die Lippen, aber sie schaffte es, Flippi festzuhalten und die Schnallen des Halfters zu schließen.

»Alles klar bei dir?«, rief sie Rebecca zu.

Eine scharfe Böe riss das zierliche Mädchen fast von den Beinen, aber Rebecca schlang schnell einen Arm um den Hals ihrer Rappstute und hielt sich daran fest. Mit der anderen Hand schaffte sie es, gleichzeitig das Halfter über Karfunkels Kopf zu legen.

»Geschafft.« Rebecca seufzte erleichtert auf und gab den Freundinnen ein Zeichen, dass sie bereit war.

Die Anwesenheit der Mädchen und Jungen schien die Pferde ein wenig zu beruhigen. Trotzdem brach ein Wallach heftig aus und drängte vorwärts, als Sven jetzt das Gatter so weit es ging öffnete und mit einem starken Seil am Zaun befestigte, damit es nicht wieder zuschlagen konnte. Der Junge, der den Wallach führte, wurde ein paar Meter mitgeschleift, aber er hielt den Führstrick fest in der Faust und brachte sein Pferd durch eine scharfe Volte wieder zur Raison.

Das Mädchen mit Goran übernahm nun die Führung und ging als Erste durchs Gatter. Nacheinander folgten die anderen Pferde, hastig zwar und im Trippelschritt, aber doch einigermaßen kontrolliert. Aus den Augenwinkeln sah Bente, dass die Ponyreiter den großen Laufstall schon erreicht hatten. Sie konnte Karlchen sehen, die Schnute gerade das Halfter abnahm und den Dicken mit einem Klaps auf die Kruppe in den sicheren Stall schickte.

»Die haben's gut«, dachte Bente. »Die haben das Schlimmste schon hinter sich.«

Sie wusste, dass die Ponys in ihrem Laufstall, der im Gegensatz zu den anderen Ställen keine abgeteilten Boxen hatte, einfach frei umherlaufen konnten. Bente und ihren Freunden stand die schwierige Aufgabe, ihre nervösen Großpferde auf die richtigen Boxen zu verteilen, noch bevor.

Aber Bentes Sorge erwies sich zum Glück als unbegründet. Im Stall stand Herr von Hohensee und sorgte mit ruhiger Stimme dafür, dass jedes einzelne Pferd in seiner eigenen Box landete.

Als die letzte Box verschlossen war und alle Pferde in Sicherheit waren, atmeten die Freundinnen und auch der Reitlehrer erleichtert auf.

»Puh«, sagte Herr von Hohensee, sich zufrieden im Stall umschauend. »Das wäre geschafft. Von mir aus kann jetzt die Welt untergehen.«

Wie auf Kommando krachte es in diesem Moment so laut, dass sich Bente und Kiki ängstlich aneinander klammerten. Sie standen gemeinsam mit den anderen in der offenen Stalltür und guckten sich das gewaltige Naturschauspiel aus sicherer Entfernung an. Blitze und Donner kamen jetzt fast gleichzeitig. Das schwere Gewitter war direkt über Schloss Rosenberg und entlud sich heftig. Der Wind hatte schlagartig nachgelassen, dafür pladderten jetzt die ersten dicken Regentropfen auf den staubigen Vorplatz.

»Wenn man weiß, dass nichts passieren kann«, meinte Kiki, »ist es eigentlich ganz gemütlich.« Sie wandte sich an Hartwig von Hohensee, der direkt hinter ihr stand. »Wir haben doch genügend Blitzableiter, oder?«, fragte sie.

»Aber sicher, Kiki.« Der Reitlehrer lachte. »Uns kann nichts passieren. Und den Pferden auch nicht.«

Plötzlich runzelte Herr von Hohensee die Stirn. Ein dunkler Schatten lief geduckt durch den heftigen Regen direkt auf den Stall zu.

»Patrick!«, rief der Reitlehrer. »Alles in Ordnung mit den Hengsten?«

Patrick sprang in den Stall und schüttelte sich den Regen aus den Haaren. Als er Kiki sah, zwinkerte er ihr kurz zu. Kiki spürte zu ihrem Entsetzen, dass sie rot wurde, aber sie hoffte, dass es niemand bemerkte.

»Die Hengste stehen in ihren Boxen, Hartwig«, sagte Patrick und zögerte.

»Aber?«, fragte Herr von Hohensee alarmiert.

»Aber einer fehlt«, stieß Patrick hervor. »Der große Schimmel, Mystery. Auf der Koppel war er nicht. Ich habe eben noch einmal alles mit der Taschenlampe abgesucht. Die Hengstkoppel ist leer, alle Hengste sind im Stall – bis auf Mystery.«

»Verdammt.« Der Reitlehrer griff nach seiner Regenjacke. »Hoffentlich ist der nicht über den Zaun gesprungen und abgehauen. Los, Patrick, wir müssen ihn sofort suchen!«

Rebecca drängte sich nach vorn und zupfte Patrick hektisch am Ärmel.

»Hast du gesagt, Mystery fehlt?«, fragte sie den Jungen. »Der Schimmel von Daniel Barenthien?«

»Ja, genau der«, erwiderte Patrick und wandte sich schon

zum Gehen. »Er ist der Einzige, der fehlt. Wahrscheinlich ist er in Panik über den Zaun gesprungen.«

»Mystery kann gar nicht bei den anderen sein.« Rebecca verstellte Patrick den Weg. »Und er ist auch nicht mehr auf der Weide. Daniel ist vorhin mit ihm losgeritten.« Sie zögerte und sagte dann: »Ich glaube, er ist noch nicht zurück.«

»Was sagst du da?« Herr von Hohensee musterte Rebecca eindringlich. »Daniel ist auf einem Ausritt? Alleine?«

»Ja, ich glaube schon«, sagte Rebecca leise. »Wir haben vorhin gesehen, dass er vom Hof geritten ist. Er kann noch gar nicht zurück sein.«

»Verfluchter Mist!«, schimpfte der Reitlehrer. Er überlegte angestrengt und sagte dann mehr zu sich selbst: »Frau Dr. Paulus hat ihm diese Alleingänge ausdrücklich verboten. Ich muss sie sofort informieren. Na, die wird sich freuen.«

»Daniel durfte gar nicht ausreiten?«, fragte Bente atemlos. »Sie meinen, er ist einfach losgeritten, ohne vorher Bescheid zu sagen?« Das Mädchen riss die Augen auf. »Manno, das gibt Ärger!«

»Worauf du dich verlassen kannst, Bente«, knurrte Herr von Hohensee. »Aber zuerst einmal müssen wir ihn finden.«

Der Reitlehrer ging zum Telefon am Ende der Stallgasse und rief die Internatsleiterin an. Als er zurückkam, machte er ein ernstes Gesicht.

»Patrick«, wandte er sich an den jungen Pferdewirt, der noch immer sprungbereit in der offenen Stalltür stand, »wir müssen einen Suchtrupp bilden. Frau Dr. Paulus tobt, aber sie hat versprochen, dass sie und die anderen Lehrkräfte helfen. Ihr anderen«, sagte er zu den Mädchen und Jungen, »sollt derweil auf eure Zimmer gehen.«

Die Reitschüler jaulten empört auf. Ein Junge sagte: »Kommt ja gar nicht in die Tüte! Wir helfen alle bei der Suche!«

»Ich glaube, wir müssen gar nicht mehr suchen. Seht mal da.« Patrick deutete nach draußen. Durch die dichte Regenwand kam im gestreckten Galopp ein Pferd auf den Stall zugerast. Ohne zu zögern sprang Patrick hinaus und griff dem panischen Tier beherzt in die herabhängenden Zügel.

»Es ist Mystery!«, schrie Patrick. »Er ist verletzt!«

Herr von Hohensee lief sofort zu dem Pferd, das aufgeregt schnorchelnd auf der Stelle trat und dabei einen Hinterhuf immer wieder schonend hochhob.

»Daniel!«, rief der Reitlehrer in das Unwetter. »Daniel, wo bist du?«

Alle hielten gespannt den Atem an. Sie lauschten in das Rauschen des Regens und das sich langsam entfernende Donnergrollen. Es kam keine Antwort. Nur das laute Prasseln des Gewitterschauers auf dem Stalldach war zu hören und das Schnauben der Pferde in den Boxen.

Rebecca sprang in den Regen und schrie ebenfalls so laut sie konnte: »Daniel! Daniel, komm her!«

Als alles still blieb, drehte sie sich mit verzweifeltem Blick zu den erstarrten Freundinnen um und rief mit sich überschlagender Stimme: »Da ist etwas passiert! Daniel ist etwas zugestoßen! Wir müssen ihn suchen!«

Herr von Hohensee gab Patrick Anweisungen, Mystery sofort in den Stall zu bringen und den Tierarzt anzurufen. Zu Rebecca sagte er: »Ihr habt doch gehört. Ihr sollt in eure Zimmer gehen. Wir werden Daniel schon finden.« Er legte Rebecca eine Hand besänftigend auf die Schulter. »Mach dir keine Sorgen. Wahrscheinlich hat Mystery vor dem Gewitter gescheut und Daniel abgeworfen«, sagte er, bemüht, seiner Stimme einen beruhigenden Klang zu geben. »Du wirst sehen, in ein paar Minuten ist er hier. Nass und durchgefroren zwar, aber unverletzt.«

Es sollte überzeugend klingen, aber Rebecca sah dem Reitlehrer an, dass er selbst nicht so recht an das glaubte, was er sagte.

»Aber Sie werden ihn suchen, nicht?«, fragte sie mit zitternder Stimme.

»Ja, wir werden ihn suchen, Rebecca«, erwiderte Herr von Hohensee fest. »Und wir werden ihn finden. Aber trotzdem geht ihr jetzt zurück ins Schloss und wärmt euch ein bisschen auf. Das ist eine Anweisung von Frau Dr. Paulus. Zum Abendessen ist Daniel sicher wieder da«, fügte er lächelnd hinzu. »Wenn ihm nach seiner Unterredung mit Frau Dr. Paulus noch daran gelegen sein wird, kann er euch alles ausführlich erzählen.« Energisch schob er die Mädchen und Jungen aus dem Stall und schloss die Tür. »Eure Pferde sind in Sicherheit. Nun erwarte ich dasselbe von euch.«

8

Rebecca stand am Fenster und kaute auf dem Daumennagel. Die Fensterscheibe war vom Atem des Mädchens bereits beschlagen. Mit der flachen Hand wischte Rebecca einen Kreis frei und starrte weiter hinaus.

Das Gewitter war weitergezogen. Grau und schwer hingen die Wolken am Himmel. Der Regen hatte nachgelassen, nur noch vereinzelt fielen Tropfen von den Bäumen auf den von tiefen Pfützen durchweichten Schlossplatz.

Rebecca sah den schmutzig grauen Himmel an und dachte, dass sie sich auch so fühlte: grau, kalt und leer gewaschen. Sie hatte gesehen, wie sich die gesamte Lehrerschaft des Internats neben Frau Dr. Paulus, Herrn von Hohensee, Merle, Patrick und Stallmeister Maximilian Much vor der Reithalle versammelt hatte und wie dann alle in verschiedene Richtungen ausgeschwärmt waren, um Daniel zu suchen. Rebecca wünschte, sie könnte bei der Suche dabei sein. Sie wünschte, sie könnte irgendetwas tun. Nur nicht mehr hier stehen müssen und hilflos in den Himmel starren.

»Rebecca, komm.« Bente war hinter die Freundin getreten und hielt ihr einen Becher mit dampfendem Tee hin. »Trink einen Schluck.«

Automatisch griff Rebecca nach dem Becher und hielt ihn mit beiden Händen umfasst, ohne daraus zu trinken.

»Du kannst doch nicht stundenlang hier stehen und vor dich hin starren«, sagte Bente. »Setz dich doch wenigstens,

Rebecca, bitte.« Bente zog einen Sessel ans Fenster und drückte die Freundin mit sanfter Gewalt hinein. »Es stimmt, was ich neulich gesagt habe, nicht?«, fragte Bente leise.

Rebecca schaute auf, noch immer den Becher umklammernd.

»Was meinst du?«, fragte sie.

»Na, dass du in Daniel verliebt bist.« Bente wischte sich eine Haarsträhne aus der Stirn. »Es ist so, oder?«

Rebecca senkte den Kopf und nickte.

»Ich glaube schon«, erwiderte sie zögernd. »Ich war mir selbst nicht sicher, aber jetzt ... Ich mache mir schreckliche Sorgen, Bente. Ich habe furchtbare Angst.«

Bente legte einen Arm um Rebecca. Hinter ihr betraten Kiki und Karlchen das Zimmer. Beide Mädchen trugen dicke Bademäntel und hohe Turbane aus Handtüchern auf dem Kopf. Sie kamen aus der Dusche und wollten wissen, ob es Neuigkeiten gab. Bente legte schnell einen Finger an den Mund und bedeutete den Freundinnen, still zu sein. Karlchen zog die Augenbrauen hoch, aber dann sah sie, dass Rebecca weinte. Mit einem Satz war sie bei ihrer Freundin.

»Ach, Rebecca«, sagte sie mitfühlend. »Es wird schon alles gut werden. Mach dich bloß nicht verrückt.«

Auch Kiki trat näher. Mitfühlend sah sie Rebecca an. Dann setzte sie sich still aufs Bett. Die Musikstunde fiel natürlich aus. Kiki hätte sich bei der ganzen Aufregung auf keine einzige Note konzentrieren können und die Pauli beteiligte sich ja sowieso an der Suche nach Daniel. Es blieb nichts zu tun, als zu warten.

Rebecca hob den Blick und sah die drei Freundinnen der Reihe nach an.

»Ihr wusstet die ganze Zeit über, dass ich in Daniel verliebt bin«, murmelte sie verlegen. »Ihr wusstet es tatsächlich.«

»Klar«, brummte Karlchen, »das konnte doch jeder sehen, so wie ihr euch angeschmachtet habt beim letzten Strandausritt. Manno, ich glaub, euch hat's schwer erwischt.«

»Aber bis eben habe ich's ja selbst nicht gewusst!« Rebecca sprang auf und tigerte im Zimmer umher. »Ich und Daniel, das ist doch …«

»… ziemlich unmöglich?«, fragte Kiki mit einem kleinen Lächeln.

Rebecca blieb abrupt stehen und starrte Kiki erschrocken an.

»Du bist sauer, stimmt's?«, fragte sie. »Du denkst, ich will dir Daniel ausspannen!«

»Absoluter Blödsinn.« Kiki machte eine wegwerfende Handbewegung. Sie lächelte Rebecca an und sagte: »Ich hab schon längst gemerkt, dass Daniel und ich nicht zusammenpassen würden. Und außerdem …«, sie machte eine Pause und grinste, »gibt es inzwischen Patrick. Ich glaube, mit dem könnte es echt was werden. Ihr haltet mich wahrscheinlich für etwas sprunghaft, was?«

»Und du bist nicht sauer auf mich?«, fragte Rebecca noch einmal, ohne auf die Frage einzugehen. Sie machte ein ungläubiges Gesicht.

Kiki stand auf und fiel der Freundin um den Hals. »Nee, echt nicht, Rebecca. Mach dir deswegen keine Sorgen. Ich drück dir sogar die Daumen, dass es klappt mit Daniel und dir«, sagte sie ehrlich. »Ich finde nämlich, ihr passt supergut zusammen. Genauso wie Mystery und Karfunkel.«

Rebecca zuckte zusammen.

»Aber Mystery ist verletzt«, stöhnte sie. »Und Daniel auch.«

»Woher willst du das denn wissen, Rebecca? Bestimmt geht es ihm gut und Mystery wird auch bald wieder fit sein«, beeilte sich Bente zu versichern.

»Ich hab so ein komisches Gefühl.« Rebecca nahm die Wanderung durch das kleine Zimmer wieder auf. »Ich weiß auch nicht, warum …«

Fast zwei Stunden vergingen, ohne dass etwas geschah. Frau Wuttig hatte schon zwei Mal zum Abendessen geläutet, aber die Freundinnen hatten keinen Appetit.

Kiki und Karlchen hatten sich Jogginganzüge angezogen und waren aneinander gekuschelt auf dem Bett eingeschlafen. Eine laute Sirene ließ die Mädchen hochfahren. Sie wussten sofort, was das Geräusch bedeutete.

»Ein Rettungswagen«, sagte Karlchen leise, »das ist ein Rettungswagen.«

Rebecca erstarrte. »Ich hab's gewusst«, stöhnte sie. »Ich hab gewusst, dass etwas Schlimmes passiert ist!«

Sie stellte sich wieder ans Fenster und versuchte, in der einsetzenden Abenddämmerung etwas zu erkennen. Auf der Bundesstraße, die ein ganzes Stück vom Schloss entfernt war, konnten die Mädchen den schwachen Schimmer eines Blaulichts ausmachen, das hinter einer Biegung im Wald verschwand.

»Vielleicht war irgendwo ein Unfall«, sagte Bente mit tonloser Stimme. »Vielleicht hat das gar nichts mit Daniel zu tun.« Aber sie glaubte selbst nicht an das, was sie sagte.

Schweigend warteten die Mädchen auf die Rückkehr der Helfer. Karlchen, die neben Rebecca am Fenster stand, rief plötzlich: »Ich sehe Patrick und Max! Ja, das sind sie. Und da kommen auch Herr von Hohensee und die anderen!«

Rebecca war nicht mehr zu halten. Sie drehte sich um und lief aus dem Zimmer. Ihre drei Freundinnen beeilten sich, mit langen Schritten die Schlosstreppe hinunterstolpernd, sie einzuholen. Rebecca stand schon auf dem Hof bei Patrick und Herrn Much und redete hektisch auf die beiden ein. Als Patrick Kiki sah, warf er ihr einen Hilfe suchenden Blick zu und fasste sie am Arm. Stallmeister Much nahm Rebecca beiseite und redete beruhigend auf sie ein, als hätte er es mit einem nervösen Pferd zu tun.

»Du musst deine Freundin beruhigen, Kiki«, sagte Patrick leise. »Die dreht sonst noch durch.«

»Ja, später, Patrick«, sagte Kiki energisch. »Habt ihr Daniel gefunden? Was ist mit ihm?«

Patrick nickte mit ernster Miene.

»Ja, wir haben ihn gefunden. Er ist verletzt und auf dem Weg ins Krankenhaus«, sagte er gedämpft.

Kiki zog scharf die Luft ein.

»Ist es schlimm?«, fragte sie. »Was hat er?«

»So wie es aussieht, hat er eine Gehirnerschütterung und ein gebrochenes Bein.« Patrick zuckte mit den Schultern. »Ob er auch innere Verletzungen hat und eventuell operiert werden muss, kann natürlich erst in der Klinik festgestellt werden.«

»Oh nein!«, entfuhr es Bente, die aufmerksam zugehört hatte. »Armer Daniel!«

Unbemerkt war Herr von Hohensee hinter die kleine Gruppe getreten.

»Tja«, sagte er. »Daniel hat es wirklich schwer erwischt. Aber als wir ihn fanden, war er zum Glück bei vollem Bewusstsein und ansprechbar. Er ist ein echt harter Bursche. Gut, dass er so durchtrainiert ist, das hat ihm heute vielleicht das Leben gerettet«, meinte Herr von Hohensee nachdenklich. »So wie es scheint, hat er mächtig Glück gehabt. Mystery hat wohl vor dem Gewitter gescheut und ist ausgebrochen.« Der Reitlehrer wischte sich mit einer Hand müde über das Gesicht und fuhr fort: »Der Hengst ist an einem Abhang ins Straucheln geraten, ist gestürzt und hat Daniel unter sich begraben. Jetzt können wir nur noch abwarten und hoffen, dass er alles gut übersteht. Rebecca?« Hartwig von Hohensee wandte sich an das zitternde Mädchen. »Ich soll dir etwas von Daniel ausrichten.«

»Mir?«, fragte Rebecca, die ganz blass geworden war.

»Ja, Daniel hat gesagt, ich soll dich von ihm grüßen«, sagte Herr von Hohensee, »und dir sagen, dass ihr alles nachholt, sobald er wieder auf den Beinen ist. Und dann hat er noch etwas«, der Reitlehrer zog die Augenbrauen zusammen, »von der Seelenverwandtschaft eurer Pferde gesagt und dass du daran denken sollst, dass sie sich aus einem früheren Leben kennen oder so ähnlich. Aber da hatte Daniel vom Notarzt schon eine Beruhigungsspritze bekommen. Vielleicht war er bereits ein bisschen weggetreten.«

Rebecca wischte sich eine Träne aus dem Augenwinkel. Ihr Gesicht strahlte trotz des Kummers. »Ich verstehe das schon, Herr von Hohensee«, flüsterte sie. »Vielen Dank, dass Sie es mir gesagt haben.«

Karlchen trat vor und nahm die Hand der Freundin und drückte sie ganz fest.

»Und was ist mit Mystery?«, erkundigte sich Bente mit besorgter Miene. »Was hat der Tierarzt gesagt?«

»Mystery ist wohlauf, Bente.« Herr von Hohensee machte ein sehr erleichtertes Gesicht. »Der Hengst hat eine Prellung an der Hinterhand, die gekühlt und ruhig gestellt werden muss, und ein paar oberflächliche Hautabschürfungen, mehr nicht. Es sieht so aus, als hätten Daniel und sein Pferd heute einen besonders aufmerksamen Schutzengel gehabt. So viel Glück im Unglück, das ist schon was Besonderes, findet ihr nicht?«

Die Mädchen nickten und Rebecca atmete auf. Klar, sie machte sich noch immer furchtbare Sorgen, aber so wie es aussah, hatte Daniel wirklich Glück gehabt. Wie es weitergehen würde, würde die Zukunft zeigen. Hauptsache, Daniel und Mystery waren bald wieder auf den Beinen.

»Und dann wird gelernt!«, sagte Rebecca laut. Als die Freundinnen und der Reitlehrer sie fragend ansahen, beeilte sie sich zu sagen: »Ach, das ist nur so eine Redensart. Ich wollte sagen, hoffentlich hat Daniel was daraus gelernt und unterlässt in Zukunft solche Alleingänge.« Rebecca wurde rot und fing sich ein verschmitztes Grinsen von Karlchen ein.

Herr von Hohensee hatte anscheinend nichts bemerkt. Er drehte sich um und sagte: »Nun geht mal langsam wieder rein und esst einen Happen zum Abendbrot. Frau Dr. Paulus wird euch morgen früh sicherlich ausführlich Bericht erstatten. Sie ist mit ins Krankenhaus gefahren.«

Beruhigt gingen die Mädchen in das mittlerweile hell erleuchtete Schloss zurück. Karlchens Magen knurrte vernehmlich.

»Hoffentlich hat die Wuttig noch ein paar Haferflocken für mich«, sagte Karlchen, voller Hoffnung in den Speisesaal linsend. »Sonst muss ich heute Nacht noch in die Futterkammer einbrechen.«

9

Am nächsten Morgen erwachte Rebecca schon lange vor dem Weckerklingeln. Leise, um Kiki nicht zu stören, schälte sie sich aus dem Bett, nahm ihre Sachen unter den Arm und verschwand im Badezimmer. Sie duschte heiß und wusch sich die Haare. Dann schlüpfte sie in bequeme Jeans, zog ihr Lieblingssweatshirt über den Kopf und stieg in ihre Turnschuhe. Ganz leise schlich sie aus dem Zimmer und hüpfte die breite Marmortreppe hinunter in die zu dieser frühen Morgenstunde noch unbelebte Eingangshalle.

Rebecca wusste, dass Frau Dr. Petra Paulus eine gewohnheitsmäßige Frühaufsteherin war. Die Direktorin des Schloss-Internats nutzte gerne die ruhigen Morgenstunden, um in ihrem Büro Tee zu trinken und ihre private Korrespondenz zu erledigen – Dinge, für die sie später oft keine Zeit mehr fand.

Vor der Tür zu Frau Dr. Paulus' Büro blieb Rebecca stehen. Sie legte die Hand auf die Türklinke, atmete tief durch und zählte bis zehn, dann klopfte sie beherzt an.

»Herein«, rief die Direktorin. Selbst durch die geschlossene Tür konnte Rebecca die Verwunderung in der Stimme der Internatsleiterin hören.

Rebecca betrat das gemütlich eingerichtete Büro und blieb in der geöffneten Tür stehen. Sie räusperte sich und sagte: »Guten Morgen, Frau Dr. Paulus. Bitte entschuldigen Sie die Störung, aber ich würde mich gerne mit Ihnen über Daniel Barenthien unterhalten.«

Frau Dr. Paulus stand auf und reichte Rebecca die Hand. Sie lächelte und Rebecca hatte fast das Gefühl, als hätte die Direktorin ihren Besuch erwartet.

»Rebecca«, sagte sie freundlich, »was für eine Überraschung. Komm herein und setz dich.«

Rebecca setzte sich in einen der bequemen Lehnstühle, die vor dem Schreibtisch standen. Frau Dr. Paulus schloss die Tür.

Die anderen saßen bereits beim Frühstück, als Rebecca in den Speisesaal stürmte. Ihre Wangen glühten, ihre Augen strahlten.

»Sorry, bin ich etwa zu spät?« Rebecca ließ sich auf einen freien Stuhl fallen und guckte die Freundinnen der Reihe nach an.

»Seit wann bist du so eine Frühaufsteherin?«, knurrte Bente. »Du hättest wenigstens eine Nachricht hinterlassen können!«

»Wir wollten schon die Pauli alarmieren und einen Suchtrupp losschicken«, sagte Kiki mit leisem Vorwurf in der Stimme.

Rebecca grinste über das ganze Gesicht.

»Gut, dass ihr euch die Mühe erspart habt«, sagte sie. »Ich komme nämlich gerade von der Pauli. Wir hatten ein sehr aufschlussreiches Gespräch.«

»Wie? Sag nicht, du hast mit Frau Dr. Paulus Tee getrunken!« Bentes Gesicht war ein einziges Fragezeichen. »Das tut sie doch immer um diese Zeit.«

»Genau das habe ich getan«, erwiderte Rebecca lässig. »Es war echt gemütlich.«

»Nun rück schon raus, Rebecca«, bat Karlchen. »Was wolltest du so früh bei der Pauli?«

Rebecca griff nach einem Mohnbrötchen und schnitt es betont langsam auf. Dann bestrich sie beide Hälften mit Butter und belegte sie mit Käse, den sie sehr gewissenhaft auszusuchen schien.

»Rebecca, Liebelein«, sagte Bente gedehnt, »heute noch …«

Rebecca biss krachend in ihr Käsebrötchen und trank einen Schluck Kakao. Dann sagte sie zuckersüß: »Nun ja, die Pauli und ich haben uns ein bisschen über Daniel unterhalten.«

Karlchen ließ ihren Haferflockenlöffel sinken und starrte Rebecca mit offenem Mund an. Kiki vergaß, von ihrem Knäckebrot abzubeißen. Nur Bente schien sich nicht im Geringsten über das, was die Freundin gesagt hatte, zu wundern.

»Und?«, fragte sie. »Was meint unsere liebe Direktorin zu dem hoffnungslosen Fall?«

»Och, sie ist der Meinung, dass Daniel gar kein so hoffnungsloser Fall ist«, erwiderte Rebecca. »Genau wie ich, übrigens. Die Pauli will sich höchstpersönlich um Daniels Nachhilfe kümmern. Sie meint, sie kriegt ihn schon auf Trab.«

»Na, davon bin ich felsenfest überzeugt«, sagte Bente trocken.

»Die Pauli hat noch jeden auf Vordermann gebracht. Ich sag nur: Zuckerbrot und Peitsche.«

»Genau.« Rebecca strahlte die Freundinnen an. »Und damit nicht alles allein auf ihren schmalen Schultern lastet, hat Frau Dr. Paulus mich gebeten, ihr ein bisschen zur Seite zu stehen. Ich soll so etwas wie ihre Assistentin sein und Daniel ab und zu in den Allerwertesten treten.«

»Das hat die Pauli gesagt?« Bente ließ ihr Nutellabrötchen sinken.

»Ja, wortwörtlich hat sie gesagt: Ein kräftiger Tritt in den Hintern hat noch keinem Jungen geschadet – noch dazu von einem ehrgeizigen jungen Mädchen!« Rebecca kicherte.

»Und du glaubst echt, dass Daniel sich darauf einlässt?« Kiki hatte da so ihre Zweifel, wenn sie an die lockere Lebenseinstellung des Jungen, vom Militarytraining natürlich abgesehen, dachte.

»Klar, logo, solange er hilflos ans Bett gefesselt ist, kann er schließlich nicht weglaufen«, mümmelte Karlchen zwischen zwei Löffeln Haferflocken. Sie stieß Rebecca mit dem Ellenbogen in die Seite und grinste. »›Kranke Männer sind hilfloser als Babys‹, sagt meine Mutter immer. Diese einmalige Chance solltest du dir wirklich nicht entgehen lassen, Rebecca. Wie sagt man so schön in Dänemark: Schnapp den Tag!«

Rebecca setzte zu einer umfangreichen Erklärung an, aus welchen Beweggründen sie Daniel helfen wollte, aber dann sah sie die belustigten Gesichter ihrer Freundinnen.

»Schon gut«, sagte sie und hob die Hände. »Schon gut, ich weiß Bescheid.«

»Ach, muss Liebe schön sein«, seufzte Bente und verdrehte die Augen. »Apropos Liebe.« Sie warf Kiki einen Blick zu. »Was macht eigentlich dein süßer Pferdepfleger?«

»Pferdewirt«, korrigierte Kiki, »auszubildender Pferdewirt. Keine Ahnung, aber ich denke, ich werde ihm nachher mal einen kleinen Besuch abstatten.« Sie zog eine Konzertkarte aus der hinteren Tasche ihrer engen Jeans und wedelte damit vor Bentes Nase herum. »Eine Freikarte für mein Konzert. Erste Reihe, Platz neunzehn. Genau in der Mitte.« Kiki grinste zufrieden. »Jetzt muss er wohl kommen. Und außerdem«, ergänzte sie, »hat er mir versprochen, ich dürfte mal seinen Isländer reiten. Ich denke, heute wäre ein schöner Tag für einen kleinen Tölt auf Wolke sieben.«

»Wolke sieben? Heißt so etwa sein Isländer?« Bente riss entsetzt die Augen auf.

»Oh Bente …«, stöhnte Kiki.

Karlchen und Rebecca prusteten los.

»Wieso?«, brummte Bente. »Hätte doch sein können, oder?«

»Sein Isländer heißt natürlich nicht »Wolke sieben«. Er hat einen isländischen Namen: Snorri«, erklärte Kiki. »Obwohl«, sie stutzte und zog die Nase kraus, »womöglich heißt Snorri ja Wolke sieben auf isländisch, wer weiß? Isländisch soll ja eine ziemlich merkwürdige Sprache sein. Ich werde Patrick nachher mal fragen.«

Karlchen tippte sich mit dem Löffel an die Stirn.

»Spar dir die Mühe. Isländisch und Dänisch sind zwar zwei verschiedene Sprachen«, sagte sie, »aber trotzdem sind sie sich ein bisschen ähnlich. Ich bin mir also ziemlich sicher, dass Snorri nicht Wolke sieben heißt.«

»Nicht? Schade eigentlich.« Kiki stand auf und nahm ihren Rucksack von der Stuhllehne. »Na denn, auch gut. Auf geht's Mädels. Mathe bei der Pauli. Wie sagt man so schön in Dänemark?«

»Schnapp den Tag!«, antworteten die Freundinnen im Chor.

10

Kiki und Rebecca gingen jeden Nachmittag vor oder nach dem Reitunterricht hinüber in den Hengststall. Kiki natürlich in erster Linie, um Patrick zu besuchen, und Rebecca, um nach Daniels Hengst Mystery zu sehen. Die Prellung und die Hautabschürfungen des Hengstes waren schon fast abgeheilt. Dank Patricks guter Pflege und dem ständigen Kühlen der Hinterhand mit einem hohen Angussverband, stand Mystery schon wieder recht unternehmungslustig in der Box.

Seinen Besitzer schien Mystery nicht besonders schmerzlich zu vermissen, dafür hatte Patrick bei seiner Stallarbeit eine andere, sehr erstaunliche Entdeckung gemacht:

Er erzählte den Mädchen, dass Mystery oft stundenlang in seinem Paddock stand und voller Sehnsucht zur Stutenkoppel hinübergucken würde. Und auf der Stutenkoppel wiederum stand, ganz dicht am Zaun und ebenso unbeweglich, eine bildschöne, tiefschwarze Stute.

»Tja, wie's aussieht, sind Mystery und Karfunkel heftig ineinander verliebt«, meinte Patrick grinsend. »So, wie die stundenlang einfach nur dastehen und sich anschmachten, mit dem unüberwindbaren Zaun dazwischen, kommen die beiden mir vor wie Romeo und Julia.«

»Wie süß«, sagte Kiki. »Eine richtige Pferde-Lovestory!« Sie zog die Nase kraus, wie immer, wenn sie nachdachte, und strahlte Rebecca plötzlich an. »Junge, das ist doch die Idee! Mystery ist ein Hengst und Karfunkel eine Stute!«

»Ach was, das habe ich auch schon festgestellt«, sagte Rebecca trocken. Sie reichte Mystery einen kleinen grünen Apfel, den dieser krachend zerbiss. Schaum tropfte von seinem weißen Maul. »Und? Was willst du uns damit sagen, liebe Kiki?«

»Ein Fohlen!«, quietschte Kiki vor Begeisterung. »Die beiden müssen unbedingt ein Fohlen zusammen haben. Stellt euch doch nur mal vor, wie süß das wäre! Der edle Schimmel und die zarte Rappstute. Das Fohlen wäre bestimmt ein Schecke!« Kiki bekam von ihrer glänzenden Idee ganz rote Ohren. »Oh Mann«, spann sie den Gedanken weiter, »das wär's doch echt, oder? Ein Fohlen im Internat! Ein Fohlen der Liebe!«

Rebecca tippte sich leicht mit dem Finger an die Stirn und kraulte Mystery unter der Stirnmähne, aber Patrick schien von Kikis Ausführungen recht angetan zu sein.

»Beide sind Trakehner, Mystery ist gekört«, murmelte er nachdenklich. »Von der Linie her müsste ein echter Kracher dabei herauskommen. Beide Pferde haben supergute Vererber in ihrem Pedigree. Warum also eigentlich nicht?«

Kiki und Patrick starrten Rebecca an, die scheinbar ungerührt dastand und kein Wort sagte. Aber um die Mundwinkel des Mädchens spielte ein kleines Lächeln. »Ein Fohlen für Karfunkel?«, dachte Rebecca verträumt. Ja, warum eigentlich nicht? Sie nahm sich vor, unbedingt mit Daniel darüber zu reden, wenn es ihm besser ging. Sie guckte Kiki und Patrick an und sagte: »Man soll nie nie sagen, aber im Moment haben wir anderes zu tun, als Familienplanung zu betreiben. Da Daniel wegen des Unfalls nicht an der Military-Meisterschaft teilnehmen kann, hat er also jede Menge

Zeit zum Lernen, damit er den Anschluss wiederfindet. Und ihr wisst, dass ich versprochen habe, ihm dabei zu helfen.«

Kiki nickte. »Ja, klar. Aber was hat das mit einem Fohlen zu tun?«

»Eigentlich nichts«, gab Rebecca zu, »aber wenn Karfunkel jetzt ein Fohlen erwarten würde, könnte ich mich bestimmt auf nichts anderes mehr konzentrieren. Dann wäre das Fohlen das Wichtigste und das geht im Moment nun mal nicht. Aber später vielleicht, mal sehen. Ich glaube, ich könnte mich an den Gedanken gewöhnen. Irgendwann sollte Karfunkel sowieso mal ein Fohlen bekommen und wenn dann Mystery der Vater sein könnte ...«

Mystery brummelte dunkel und wandte sich ab. Mit langen Schritten betrat der Schimmel seinen sonnigen Paddock und wieherte schmetternd. Rebecca sah, dass Karfunkel auf der Stutenweide den Kopf hob und an den Zaun trabte, um Mysterys Gruß zu erwidern.

»Ja, ich glaube, du hast absolut Recht, Patrick«, sagte Rebecca fröhlich. »Die beiden sind eindeutig verliebt.«

»Wie hat Daniel denn eigentlich die Nachricht aufgenommen, dass er im Herbst nicht in Luhmühlen starten kann?«, erkundigte sich Patrick, während er mit Kiki und Rebecca den Stall verließ.

»Zuerst war er schrecklich deprimiert«, erwiderte Rebecca, »aber inzwischen hat er natürlich eingesehen, dass es keinen Sinn macht, etwas erzwingen zu wollen. Sein Bein ist kompliziert gebrochen und muss wahrscheinlich noch einmal operiert werden. An das Training oder die Teilnahme an der Military ist überhaupt nicht zu denken.«

»Na und?«, gab Rebecca ungerührt zurück. »Die Military

läuft ihm nicht weg. Dann reitet er eben im nächsten Jahr mit. Er sollte froh sein, dass er den Unfall so gut überstanden hat.« Sie machte eine Pause und fuhr fort: »Und auch, dass die Pauli ihm noch eine Chance gegeben hat. Das war nämlich auch nicht so selbstverständlich.«

Kiki und Patrick nickten einhellig. Klar, Frau Dr. Paulus hätte auch anders reagieren können. Immerhin hatte sich Daniel auf eigene Faust und ohne Erlaubnis der Direktorin vom Internatsgelände entfernt und sich und sein Pferd dadurch in große Gefahr gebracht. Normalerweise hätte dies genügt, um ihn vom Internat zu verweisen. Dass die Pauli da Gnade vor Recht hatte ergehen lassen, musste man ihr schon hoch anrechnen. Aber ebenso klar war auch, dass Daniel jetzt einiges tun musste, um das Vertrauen zu rechtfertigen, das man in ihn setzte. Es war wirklich seine letzte Chance, das hatte Frau Dr. Paulus deutlich zu verstehen gegeben.

»Macht er denn Fortschritte?«, fragte Patrick.

»Ja, und wie.« Rebecca grinste zufrieden. »Die Pauli und ich fahren jeden zweiten Nachmittag in die Klinik und überhäufen den armen Daniel mit Aufgaben. Zuerst hat er ganz schön gemeckert.« Rebecca kicherte. »Aber inzwischen hat er sich in sein Schicksal ergeben. Wie hat Karlchen so schön gesagt: Solange er ans Bett gefesselt ist, kann er schließlich nicht weglaufen!«

Patrick lachte. »Mensch, der Ärmste! Mir tut er ganz schön Leid.«

Rebecca sah, dass der blonde Junge Kikis Hand genommen hatte und sie zärtlich streichelte. Rebecca wandte sich beiläufig um und sagte: »So, ciao, ihr Süßen! Ich lass euch dann jetzt mal alleine. In einer halben Stunde holt die Pauli mich ab und ich muss mir vorher noch ein paar fiese Aufgaben für Daniel einfallen lassen.«

Sie trabte los und zwinkerte Kiki zu. Als Rebecca sich noch einmal umdrehte, sah sie, dass Kiki und Patrick eng umschlungen in Richtung Schlosspark schlenderten.

»Ein wirklich schönes Paar«, dachte Rebecca zufrieden, »und offensichtlich schwer verliebt.« Fröhlich vor sich hinsummend hüpfte sie die breite Eingangstreppe hinauf.

Wenig später hatte sie ihre Tasche gepackt und wartete vor dem Internatsbüro auf Frau Dr. Paulus.

»Pünktlich wie immer, Rebecca«, lobte die Direktorin freundlich. »Können wir?« Als Rebecca nickte, fragte Frau Dr. Paulus: »Macht es dir etwas aus, wenn ich dich heute an der Klinik absetze und du alleine zu Daniel gehst? Ich habe noch einige Dinge im Kultusministerium zu erledigen. Ich würde dich dann auf dem Rückweg wieder einsammeln.«

Rebecca versuchte, sich ihre unverhohlene Freude nicht anmerken zu lassen. Woher sollte die Pauli auch wissen, dass sie viel lieber mit Daniel alleine war?

»Das macht mir überhaupt nichts aus, Frau Dr. Paulus«, beeilte sie sich zu versichern. »Lassen Sie sich ruhig Zeit.«

»Prima, Rebecca, dann gebe ich dir einfach die Arbeitsblätter für Daniel mit. Er soll sie bis übermorgen durcharbeiten und ein paar Anmerkungen dazu verfassen.« Frau Dr. Paulus öffnete die Beifahrertür ihres Golf Cabriolets und ließ Rebecca einsteigen. »Ich habe alles aufgeschrieben und erklärt.« Sie schenkte Rebecca ein warmes Lächeln. »Aber wie ich dich kenne, machst du das schon, nicht wahr?« Als sie den Wagen anrollen ließ, meinte sie noch: »Daniel kann wirklich von Glück reden, dass du dich bereit erklärt hast, ihm zu helfen, Rebecca. Ich bin dir sehr dankbar für deine Unterstützung.«

»Ach, das mach ich doch gern, Frau Dr. Paulus.« Rebecca winkte ab. Sie konnte sich ein leichtes Grinsen nicht verkneifen. »Mir fällt nun mal alles leicht, was die Schule angeht. Warum soll ich anderen dann nicht ein bisschen helfen?«

»Jaja, wenn alle meine Schüler so intelligent wären wie du, Rebecca …«, sinnierte die Pauli, während sie ihren Golf in den fließenden Verkehr einreihte, der in Richtung Stadt rollte.

»Dann wär's wahrscheinlich ziemlich langweilig in der Schule«, dachte Rebecca im Stillen, »und das Internat Rosenberg könnte seine Pforten schließen.«

Als Rebecca das Krankenzimmer betrat, staunte sie nicht schlecht. Daniel saß in einem Rollstuhl am Fenster und strahlte sie schon von weitem an.

»Hey, du darfst schon aufstehen?«, rief Rebecca. »Das ist ja cool!«

»Aufstehen noch nicht direkt.« Daniel klopfte auf den harten Gips, der sein linkes Bein vom Oberschenkel bis zum Fuß umschloss. »Aber ein bisschen spazieren fahren darf ich schon.«

Rebecca legte ihre Tasche und den Ordner, den Frau Dr. Paulus ihr mitgegeben hatte, auf das freie Bett und trat zu Daniel.

»Du siehst schon viel besser aus«, sagte sie. »Du hast direkt ein bisschen Farbe im Gesicht.«

»Mir geht's auch schon viel besser.« Daniel gab dem Rollstuhl Schwung und fuhr Rebecca direkt vor die Füße. »Die Ärzte haben gesagt, dass ich nicht noch einmal operiert werden muss. Nächste Woche bekomme ich einen Gehgips und dann darf ich raus.«

»Wow! Das sind ja super Neuigkeiten, Daniel. Ich freu mich für dich.« Rebecca legte eine Hand auf die Lehne des Rollstuhls. Daniel strich ganz kurz darüber. Dann sah er sich verwirrt im Zimmer um.

»Sag mal, hast du nicht was vergessen?«, fragte er. »Wo ist denn der alte Drachen?«

»Also, wenn du zufällig Frau Dr. Paulus meinst«, sagte Rebecca mit ernster Miene, »die kommt heute nicht. Sie hat noch was im Ministerium zu tun. Heute musst du mal mit mir vorlieb nehmen. Wir haben viel zu tun.«

»O nein, Gnade«, stöhnte Daniel, »doch nicht bei dem schönen Wetter! Hast du denn gar kein Erbarmen mit mir? Schließlich bin ich krank und draußen scheint die Sonne. Noch nie was davon gehört, dass Sonnenbestrahlung eine gute Wirkung auf den Heilungsverlauf hat?« Daniel machte ein komisch verzweifeltes Gesicht. Fast sah er aus wie ein zerknirschter Dackel, dem man das Lieblingsspielzeug weggenommen hatte.

Rebecca musste lachen.

»Also, ich weiß ja nicht, ob wir mit diesem Monstrum hier«, sie stieß mit der Fußspitze gegen den Rollstuhl, »herauskommen, aber falls ja, würde ich mich bereit erklären, den Unterricht ausnahmsweise nach draußen zu verlegen. Von wegen der positiven Wirkung der Sonnenstrahlen auf den Heilungsprozess und so.«

»Klar kommen wir damit raus!« Daniel vollführte eine gekonnte Drehung mit seinem Gefährt. »Ich hab schließlich den ganzen Vormittag geübt!«

Ein paar Minuten später waren Rebecca und Daniel im Park des Krankenhauses angelangt. Ein gewundener Plattenweg zog sich durch die gepflegte Anlage. Daniel zeigte mit dem Finger auf einen kleinen, von blühenden Rosen umrankten Pavillon.

»Lass uns da rübergehen, Rebecca«, sagte er, »das ist ein schönes Plätzchen und wir haben dort unsere Ruhe.«

Rebecca schob den Rollstuhl quer über den holprigen Rasen. Es war ungewohnt für sie und sie gab sich Mühe, jede Unebenheit zu umgehen, um Daniel nicht wehzutun. Aber der lachte nur und rief: »Los, gib Gas, Rebecca! Ich bin schließlich kein oller Mummelgreis!«

Als sie den Pavillon erreicht hatten, stöhnte Rebecca auf. »Verdammt, jetzt hab ich meine Tasche und die Mappe von der Pauli oben liegen lassen. Ich lauf schnell zurück.« Sie wollte sich schon umdrehen und loslaufen, als Daniel nach ihrem Arm griff und sie festhielt.

»Hey«, sagte er mit warmer Stimme, »kannst du nicht mal an etwas anderes denken als an diese blöden Hausaufgaben? Die Sonne scheint, die Vögel zwitschern. Lass uns eine kleine Pause machen, ja?« Daniel sah Rebecca mit seinen blitzblauen Augen an. »Du kannst mir zum Beispiel etwas erzählen«, sagte er. »Was es so Neues im Internat gibt und vor allem, wie es Mystery geht. Bitte, Rebecca«, sagte er eindringlich.

Rebecca zögerte, aber dann sah sie den fast flehenden Ausdruck in Daniels Augen. Sie fühlte ihr Herz klopfen, in den Knien hatte sie ein Gefühl wie Wackelpudding.

»Okay«, sagte sie leise. Sie lächelte Daniel an. »Aber wir holen die Aufgaben nach, verstanden?«

Rebecca setzte sich auf die niedrige Bank, die an der Innenseite des Gartenhäuschens entlanglief und erzählte Daniel alles, was er wissen wollte. Als sie bei Mystery und Karfunkel angelangt war und erzählte, dass die beiden Pferde im Stall nur noch Romeo und Julia genannt wurden, rollte Daniel mit seinem Rollstuhl ganz dicht an sie heran.

»Ich hab's gewusst, dass die beiden füreinander bestimmt sind.« Daniel lächelte. Dann hob er eine Hand und fuhr damit vorsichtig über Rebeccas kurz geschnittenes Haar. »Es gefällt mir, wie du dein Haar trägst, Rebecca«, sagte er. »Man sieht nicht oft Mädchen mit so kurzen Haaren.«

»Tja, ich bin nun mal nicht so ein Löwenmähnentyp«, erwiderte Rebecca. »Kurze Haare stehen mir am besten und praktisch sind sie auch.«

Daniel nickte. Er sah Rebecca in die Augen und schien zu zögern. »Du, ich mag dich«, sagte er schließlich leise.

Rebecca erwiderte seinen tiefen Blick.

»Ich mag dich auch, Daniel«, sagte sie, »sehr sogar.«

Sie beugte sich leicht vor und gab ihm einen Kuss.

11

»Alle mal herhören! Wir machen einen Ausritt!« Karlchen stürmte in den Aufenthaltsraum und stieß dabei gegen einen Tisch, an dem Bente und Sven saßen und eine Partie Mühle spielten. Bente hatte eine Zwickmühle gebaut und nahm Sven Stein um Stein ab. Sie warf Karlchen einen missbilligenden Blick zu und schob das Spielbrett wieder zurecht.

»Macht's Spaß?«, erkundigte sich Karlchen, den beiden fröhlich zuwinkend.

»Blöde Frage«, knurrte Sven. Er hatte einige Mühe, seine letzten Spielsteine zu retten. »Ich war gerade so schön am Gewinnen.«

»Gar nicht wahr.« Bente machte ein grimmiges Gesicht. »Ich war nämlich zufällig gerade dran. Wenn Karlchen nicht …« Sie unterbrach sich selbst und fragte die Freundin: »Hast du was von einem Ausritt gesagt?«

»Allerdings!«, sagte Karlchen und ließ sich aufs Sofa fallen. »Ich bin Herrn von Hohensee über den Weg gelaufen, da hat er's mir gesagt. Um drei auf dem Vorplatz.«

»Ob wir wieder an den Strand reiten?« Rebecca setzte sich zu Karlchen auf das altersschwache, vormals rotkarierte Sofa. Die Freundin schüttelte den rotbraunen Wuschelkopf.

»Nö, heute geht es in den Wald«, erwiderte Karlchen. »Harti will neulich im Wald angeblich eine Füchsin mit Jungen gesehen haben und hat Herrn von Hohensee gebeten, mal die Spur zu verfolgen. Wahrscheinlich soll das eine Bio-Stunde im Sattel werden oder so ...«

»Fähe heißt es, nicht Füchsin«, verbesserte Rebecca Karlchen. »Aber mit Füchsen ist nicht zu spaßen, das sind schließlich potenzielle Tollwutüberträger. Ich weiß nicht, ob das so schlau ist, mit den Pferden einer Fuchsfährte zu folgen.«

»Ach, wahrscheinlich war es sowieso nur eine Igelfamilie«, mutmaßte Bente. »Wir wissen doch schließlich alle, wie kurzsichtig unser Herr Hartmann ist.«

»Ist ja eigentlich auch egal«, Kiki sprang auf, »Hauptsache, es geht raus!«

Nachdem die Mädchen in ihre Reithosen und -stiefel gestiegen waren, machten sie sich auf den Weg zu den Ställen. Nach den heftigen Regenfällen der vergangenen Tage hatte sich das schöne Wetter wieder durchgesetzt. Die Sonne schien, aber es wehte ein frischer Wind, der am Himmel ein paar Wattewölkchen vor sich her schob.

Hartwig von Hohensee war bereits im Stall und sattelte seinen Jolly Jumper. Er schaute auf, als er die Mädchen bemerkte.«

»Na?«, meinte er, Karlchen von oben bis unten musternd. »Meinst du nicht, du bist langsam zu groß für dein Fjordpferd? Wann willst du denn auf einen Großen wechseln?«

Karlchen, die in den letzten Monaten wirklich ziemlich in die Höhe geschossen war, schnaubte entrüstet.

»Nie im Leben!«, sagte sie grimmig. »Snude und ich gehören zusammen!«

»Ich mein's doch nicht böse, Karolin«, lenkte der Reitlehrer ein, »aber mit deinen langen Beinen solltest du wirklich langsam in Erwägung ziehen, auf ein Großpferd umzusteigen. Das muss ja nicht bedeuten, dass du deinen Norweger gar nicht mehr reitest oder nicht mehr lieb hast.« Er klopfte Jolly Jumper die breite Brust. »Aber für deine reiterliche Entwicklung wäre es wichtig, den Absprung zu finden. Überleg's dir mal, ja? Ich habe den ganzen Stall voll mit Pferden. Da finden wir bestimmt das passende für dich.«

»Tja, ja«, meinte Karlchen, »wollen mal sehen.« Sie drehte sich um und verschwand in der Sattelkammer, um Schnutes Trachtensattel und sein Zaumzeug zu holen. Bente konnte hören, dass Karlchen dabei ununterbrochen vor sich hin murmelte. Es hörte sich an wie: »Kommt ja gar nicht in die Tüte!« und »Der hat sie wohl nicht mehr alle!« Bente grinste und ging, um Flippi für den Ritt fertig zu machen.

Flippi stand in ihrer Box und wieherte hell, als Bente die Tür öffnete.

»Hallo, meine Süße«, sagte Bente. Sie schlang die Arme um den Hals der kleinen Fuchsstute und vergrub das Gesicht in der weichen Mähne. »Hm, riechst du wieder gut.« Bente kraulte Flippi den Wirbel auf der Stirn und gab ihr eine schon etwas verschrumpelte Mohrrübe, die sie im Vorbeigehen in der Futterkammer stibitzt hatte. Als sie aus der Box trat und Flippis Stallhalfter vom Haken nahm, fiel ihr Blick auf das Namensschild an der Boxentür. »Filippa aus der Saragossa von Famoso, geboren 1998, Besitzer: Familie Brandstätter«, stand in großen Druckbuchstaben auf dem Schild. Bente hielt inne. »Familie Brandstätter«, das war sie. Ihre Eltern waren vor drei Jahren bei einem Autounfall ums Leben gekommen. Ein paar Wochen vorher hatte Bente Flippi zum Geburtstag geschenkt bekommen. Es war Bentes schönster

Geburtstag gewesen. Und dann war alles vorbei. Ihre Eltern waren auf der Stelle tot gewesen, sie selbst lag schwer verletzt im Krankenhaus. Bente schüttelte sich. Obwohl sie sich an den Unfallhergang nicht richtig erinnern konnte, träumte sie nachts manchmal davon. Es war alles so schnell gegangen. Eben hatten sie noch im Garten der Großeltern gesessen und dann, auf dem Nachhauseweg ...

Zunächst hatte Bente mit ihren jüngeren Zwillingsbrüdern Benjamin und Bastian, die zum Glück bei dem Unfall nicht dabei gewesen waren, bei den Großeltern gelebt. Die alten Herrschaften besaßen eine gut gehende Pension in einem Städtchen an der Nordseeküste und konnten Bentes geschickte Hilfe gut gebrauchen. Bente hatte das Internat Rosenberg in der ersten Zeit als so genannte externe, das heißt auswärtige Schülerin besucht.

Im Gegensatz zu den Kindern, die ständig im Schloss lebten, war sie nur zum Unterricht erschienen und nach Schulschluss mit dem Bus nach Hause zu ihren Großeltern gefahren. Eines Tages hatte Bente erkannt, dass sie auf diese Weise niemals richtig dazugehören würde. Eine Internatsschülerin musste im Internat richtig zu Hause sein, war Bentes Meinung. Aus der kleinen Erbschaft, die die Eltern ihr und den kleinen Brüdern hinterlassen hatten, konnte Bente mit Hilfe ihrer Großeltern den Internatsaufenthalt finanzieren. Und sie war unendlich froh darüber. Sie hatte eine neue Familie gefunden. Eine große Familie aus Freunden, die sie gern hatten und die sich um sie kümmerten, wenn es ihr schlecht ging.

»Hey, Bente, alles klar mit dir?« Kiki stupste die Freundin vorsichtig an.

Bente wandte sich erschrocken um. Immer wenn sie an ihre Eltern dachte, vergaß sie alles um sich herum. »Ja, klar«, sagte sie schnell und wischte sich verstohlen übers Gesicht. »Ich bin gleich fertig!«

Bente betrat die Box und streifte Flippi das Halfter über. »Hast du Lust auf einen Ausritt, Kleine?«, fragte sie. »Heute reiten wir in den Wald. Huh, hoffentlich erschrickst du nicht vor den ganzen Bäumen.«

Sie führte ihr Pferd aus der Box und putzte es draußen gründlich über. Kiki und Rebecca waren schon fast fertig. Herr von Hohensee zog gerade den Sattelgurt seines Wallachs nach und schwang sich in den Sattel.

»Patrick?«, rief er in Richtung Hengststall. »Bist du so weit?«

Die Freundinnen sahen sich erstaunt an.

»Hattest du eine Ahnung davon, dass Patrick mitkommt?«, erkundigte sich Karlchen bei Kiki. Die schüttelte den Kopf.

»Nee, kein Stück.« Sie kletterte auf Torphys Rücken, legte das linke Bein über das Sattelblatt nach vorne und gurtete von oben nach. »Welches Pferd er wohl reitet?«

»Mystery«, mischte sich Rebecca von der anderen Seite her ein. »Patrick reitet ihn, solange Daniel noch im Krankenhaus liegt. Mystery braucht dringend Bewegung und Patrick soll ein superguter Reiter sein, hat mir Daniel erzählt.« Rebecca strich Karfunkel über den glatten Hals. »Er hat sogar das silberne Reitabzeichen!«

»Wow!«, entfuhr es Kiki. »Davon hat er mir ja noch gar nichts gesagt!«

»Da kannst du mal sehen«, nuschelte Karlchen, die in den Tiefen ihrer ausgebeulten Reithose noch einen Müsliriegel gefunden hatte und diesen nun freundschaftlich mit ihrem Schnute teilte. »Tja, ja, stille Wasser sind tief.«

»Alte dänische Bauernweisheit, was?«, unkte Bente.

»Möglicherweise«, erwiderte Karlchen grinsend. Sie steckte ihrem Norweger den letzten Bissen des klebrigen Riegels ins Maul und nahm die Zügel auf.

Rebecca schüttelte sich, als sie das sah.

»Sag mal, Karlchen, meinst du eigentlich, dass das gut ist?«, fragte sie die Freundin.

»Was gut für mich ist ...«, fing Karlchen fröhlich an.

»Ja ja, ich weiß schon.«, grinste Rebecca. »Das ist auch gut für Schnute!«

»Ja, genau so ist das.« Karlchen wendete ihren stämmigen Falben und hob witternd die Nase. »Und, Herr Rittmeister?«, wandte sie sich reichlich respektlos an Herrn von Hohensee, »welche Richtung dürfen wir nun einschlagen?«

Der Reitlehrer lachte.

»Immer Richtung Westen, liebe Karolin«, rief er gut gelaunt zurück, »aber ich denke nicht, dass du auf deinem Feld-Wald-und-Wiesen-Superpony die Tete übernehmen solltest. Das überlass doch bitte lieber mir und meinem Jolly, einverstanden?«

Als Patrick Mystery aus dem Stall führte, wieherte Karfunkel glockenhell auf. Rebecca strich der Rappstute beruhigend über den Hals.

»Romeo und Julia!«, rief Bente »Wie romantisch!«

Mystery drängte in Richtung seiner Auserwählten. Patrick hatte Mühe, den Schimmel zu bändigen und saß rasch auf.

»Ich glaube, wir beide sollten nebeneinander reiten«, sagte er zu Rebecca. »Sonst geben unsere Verliebten keine Ruhe.«

Rebecca zögerte. Sie ahnte, dass Kiki sich bestimmt schon darauf gefreut hatte, neben Patrick durch den Wald zu reiten. Sie warf der Freundin einen Blick zu, aber die nickte und grinste nur. »Ist doch logisch«, sagte sie gutmütig, »Verliebte soll man nicht trennen. Dann muss Patrick eben mit meiner und Torphys Kehrseite vorlieb nehmen.« Sie nahm die Zügel ihres dunkelbraunen Wallachs auf und legte leicht die Schenkel an. »Ich reite dann vor euch, okay?«

»Ein schöner Rücken kann auch entzücken«, sagte Patrick grinsend. Er zwinkerte Kiki zu.

Bente stöhnte auf. »Nee, oh, nee, ist heute eigentlich der Tag der dummen Sprüche, oder was? Komm, Flippi, wir reiten mit Karlchen und Schnute hinterher. So viele Verliebte auf einem Haufen. Das halte ich echt nicht aus!«

Im Wald roch es nach Laub und feuchter Erde. Der Boden war weich und federnd. Die Reiterinnen und Reiter hatten ihre Pferde ein Stück traben lassen, jetzt parierten sie sie zum Schritt durch und ließen sich die Zügel aus der Hand kauen. Dankbar streckten sich Pferde und Ponys und machten die Hälse lang. Schnute nieste laut und schnappte links und rechts des Weges nach jungen Zweigen. Karlchen lachte und ließ ihr Pony gewähren.

Karfunkel und Mystery gingen Seite an Seite im Gleichtakt dicht nebeneinander her. Ab und zu wandte Mystery den Kopf zur Seite und stupste Karfunkel liebevoll an.

»Hast du so etwas schon mal erlebt?«, fragte Rebecca Patrick. »Dass sich zwei Pferde so zueinander hingezogen fühlen?«

»Nein, erlebt nicht«, antworte der junge Pferdewirt, »aber

gelesen habe ich darüber. Es soll in Arabien einmal einen Hengst und eine Stute gegeben haben, die nur »Die Unzertrennlichen« genannt wurden. Durch nichts und niemanden waren die beiden auseinander zu bringen. Als die Stute schließlich hochbetagt starb, hat sich der Hengst einfach neben sie gelegt. Er hat nicht mehr gefressen und ist nicht mehr aufgestanden. Nach ein paar Tagen ist er dann auch gestorben.«

»Das ist ja traurig.« Rebecca guckte Patrick von der Seite an. »Die Armen!«

»Na ja, ein bisschen traurig ist es schon«, gab Patrick zu, »aber auch schön, oder? Immerhin sind die beiden Pferde ihr Leben lang zusammen gewesen und waren darüber bestimmt glücklich. Und als die Stute gestorben ist, wollte der Hengst ihr eben folgen.« Patrick klopfte Mysterys Hals. »Ich finde die Geschichte irgendwie toll.«

»Ich auch!«, rief Kiki von vorne, die der Erzählung zugehört hatte. »Ewige Liebe bis in den Tod – etwas Romantischeres gibt's doch gar nicht!«

»Und jetzt galoppieren sie Seite an Seite im Himmel über die Wolken«, krähte Bente von hinten.

»Und wenn sie nicht gestorben sind, dann galoppieren sie noch heute«, zitierte Karlchen ein wenig verfremdet aus zahllosen bekannten Märchen.

An der Spitze der Abteilung gab Herr von Hohensee das Zeichen zum Galopp. Die jungen Reiterinnen und Reiter nahmen die Zügel auf und schon bald preschte die bunte Herde durch den Wald.

»Und wo ist nun diese Fuchsfamilie?«, fragte Karlchen. »Also, der einzige rote Schwanz, den ich heute gesehen habe, war der Schweif von Jolly Jumper!«

»Stimmt, du hast Recht«, entgegnete Bente. An die Fähe mit ihren Jungen, die sie bei diesem Ausritt eigentlich beobachten sollten, hatte außer Karlchen anscheinend keiner mehr gedacht. »Aber ich hab's schließlich gleich gesagt«, fuhr Bente fort. »Unser lieber Bio-Pauker ist blind wie ein Maulwurf!«

12

»Wahnsinn, Kiki«, sagte Bente, während sie eingehend ihren Taschenkalender studierte. »Ist kommenden Sonntag wirklich schon dein großer Auftritt?«

Kiki nickte. »Ja, Sonntagabend ist es so weit. Ich hab euch Plätze reservieren lassen«, sagte sie fröhlich. »Natürlich in der ersten Reihe. Ist schon irre, wie schnell die Zeit vergeht, nicht?«

Rebecca schmunzelte, sagte aber nichts.

Ja, dachte sie, irre, wie die Zeit vergeht. Am Sonntag sollte Kikis Violinkonzert stattfinden und, was fast noch besser war: Am Sonntag sollte auch Daniel aus dem Krankenhaus entlassen werden!

Sie hatte den Freundinnen noch nichts davon erzählt, es sollte eine Überraschung werden. Sie und die Pauli waren die Einzigen, die davon wussten.

»Na, die werden Augen machen«, dachte Rebecca. Belustigt musterte sie ihre Freundinnen, die sich gerade ausmalten, wie Kikis Stern am Musikhimmel erstrahlen würde, wenn sie mit Patricks Hilfe in naher Zukunft ihre erste CD auf den Markt bringen würde.

Karlchen hockte derweil über den Matheaufgaben und hörte nicht auf zu stöhnen.

»Ich kapier's nicht«, brummte sie und schob ihr Geo-Dreieck auf dem Papier hin und her. »Ich kapier's einfach nicht. Wieso ist diese blöde Gerade nur halb so lang wie die andere? Eigentlich sollte es genau anders herum sein.«

Rebecca stand auf und setzte sich neben die Freundin.

»Wahrscheinlich ist dein Ansatz falsch«, sagte sie. »Komm, zeig mal her. Vielleicht kann ich dir helfen?«

Dankbar schob ihr Karlchen das Matheheft rüber.

»Wenn einer das knacken kann, dann sowieso nur du«, meinte sie. In ihrer Stimme schwang leise Bewunderung mit. »Echt faszinierend, wie du das immer machst. Für mich sind Mathe, Physik und Chemie die reinsten Rätsel.«

»Dabei sind die Naturwissenschaften die logischsten Wissenschaften überhaupt«, entgegnete Rebecca lächelnd. »Man muss sich nur darauf einlassen.«

»Na, danke.« Karlchen verzog das Gesicht. »Das überlasse ich lieber solchen Genies wie dir.«

Die Tage bis zum Konzert vergingen im Nu. Kaum hatten die Freundinnen sich versehen, war der Sonntag da. Sie ertappten sich dabei, wie sie schon beim Frühstück unruhig auf den Stühlen herumrutschten.

»Mädels, ich fürchte, ich bringe keinen einzigen Bissen runter.« Karlchen rührte lustlos in ihren Haferflocken, ein extrem ungewöhnlicher Anblick.

»Wieso bist du denn eigentlich nervös?«, wollte Bente wissen. »Du hast doch schließlich keinen Auftritt.«

»Nee, das nicht«, gab Karlchen zu. »Aber heute Abend muss ich mich schließlich fein machen und«, sie zögerte und schob den Haferflockennapf beiseite, »ich glaube, das Kleid, das mir meine Mutter für festliche Angelegenheiten geschickt hat, passt mir nicht mehr. Ich muss wohl irgendwie zugenommen haben, keine Ahnung, wie das passieren konnte ...«

Bente prustete laut los.

»Ach du liebe Güte, ja, dann hast du echt ein Problem«, lachte sie. »Aber keine Panik, ich hab noch ein paar Sicherheitsnadeln. Das kriegen wir schon hin.«

Kiki war blass und schweigsam, aber das lag nicht daran, dass sie Lampenfieber hatte, wie sie den Freundinnen versicherte, sondern daran, dass sie sich im Geiste schon auf das Konzertprogramm konzentrierte.

»Ich spiele ohne Noten«, erklärte sie den anderen, »und deshalb gehe ich im Kopf vorher noch mal jedes einzelne Notenblatt durch.«

»Wahnsinn!« Bente verdrehte die Augen. »Ich wusste, dass ich an der Seite eines Genies lebe!«

Rebecca sprach nicht viel. Sie trank ihren Kakao und dachte an Daniel. Frau Dr. Paulus hatte ihr versprochen, dass sie Daniel so zeitig aus der Klinik holen würden, dass er genau rechtzeitig zu Kikis Konzert auf Schloss Rosenberg eintreffen würde.

Als sich die Mädchen am Nachmittag umzogen, sagte Rebecca ganz beiläufig zu den Freundinnen: »Ach, es kann sein, dass ich etwas später komme. Haltet mir meinen Platz frei, ja? Ich muss vor dem Konzert noch mal kurz zur Pauli.«

Kiki zog die Stirn kraus.

»Platz mir bloß nicht in die erste Partitur, Rebecca!«, bat sie. »Da stolpere ich sowieso jedes Mal drüber.«

»Nein, nein, ganz sicher nicht«, versicherte Rebecca hastig. »Die Pauli und ich sind brav auf unseren Plätzen, bevor du den ersten Ton spielst, versprochen.« Sie hoffte inständig, dass sie Recht behalten würde.

Kiki stand hinter der Bühne und stimmte ihre Violine.

Neugierig lugte sie durch einen Spalt im Vorhang. Der Konzertsaal war schon gut gefüllt. Schüler, Lehrer, Ehemalige, ein paar extra angereiste Eltern und Musikliebhaber aus der Umgebung des Schloss-Internats saßen bereits auf ihren Plätzen und blätterten interessiert in den Programmheften. Kiki bedauerte sehr, dass weder ihr Vater noch ihre Großmutter zum Konzert kommen konnten. Ihr Vater nahm an einem Reitturnier in Japan teil und die Großmutter konnte aufgrund ihres hohen Alters keine allzu weiten Reisen mehr machen.

Aber dafür saß Patrick in der ersten Reihe! Er hatte einen dunklen Anzug an, der ihm, wie Kiki feststellte, unheimlich gut stand und machte ein Gesicht wie Weihnachten.

Patrick wurde rechts und links von Bente und Karlchen flankiert. Karlchen hatte ein auffallend puterrotes Gesicht, und Kiki überlegte, dass die Ärmste wahrscheinlich die Luft anhalten musste, damit sie ihr zu enges Kleid nicht sprengte. Neben Karlchen waren noch zwei Plätze frei: der von Rebecca und der von der Pauli.

»Was haben die beiden denn jetzt noch so Wichtiges zu besprechen?«, dachte Kiki mit einem Anflug von Ärger.

Sie nahm sich vor, nicht eher anzufangen, bis auch diese beiden letzten Plätze besetzt waren. Es gab nämlich nichts Schlimmeres für eine Musikerin, als durch Zuschauer, die sich im letzten Augenblick durch die vollen Reihen quetschten, aus dem Takt gebracht zu werden.

Plötzlich ging eine leichte Unruhe durch die Zuschauerreihen. Papier raschelte, Köpfe wandten sich um, als im hinteren Bereich des Saals eine Tür geöffnet wurde. Auch Karlchen und Bente drehten sich um, sagten etwas und stießen dem armen Patrick aufgeregt zwischen die Rippen.

Kiki machte den Spalt im Vorhang ein bisschen größer, um besser sehen zu können.

»Au weia!«, entfuhr es ihr laut. »Das sind doch …«

Vom hinteren Eingang des Konzertsaals näherten sich zwei Nachzügler den vorderen Reihen: ein Junge und ein Mädchen.

Kiki erkannte die beiden sofort.

»Das ist ja der Hammer!«, entfuhr es ihr. »Rebecca und Daniel! Und sie sehen aus wie Romeo und Julia!«

Daniel hatte immer noch ein Bein in Gips und bewegte sich etwas mühsam auf zwei Krücken vorwärts, aber sein Gesicht strahlte. An seiner Seite, in einem langen, dunkelblauen Samtkleid, ging Rebecca. Sie stützte mit einer Hand vorsichtig Daniels Unterarm und lächelte ihn an, während sie ihn zu den freien Plätzen in der ersten Reihe lotste.

Bente konnte nicht an sich halten. Sie erhob sich halb von ihrem Platz und wedelte hektisch mit beiden Händen, um die beiden auf sich aufmerksam zu machen. Karlchen zog sie energisch zurück auf den Sitz.

»Spinnst du, hier so'n Wirbel zu machen?«, raunte sie der Freundin zu. »Ist ja peinlich!«

Daniel grinste verlegen und flüsterte Rebecca etwas zu. Kiki konnte von ihrem Bühnenversteck aus sehen, dass sich Rebecca verstohlen eine Träne aus dem Augenwinkel wischte und erleichtert aufatmete, als sie und Daniel endlich Platz nehmen konnten.

»Vielleicht sollte ich das Programm ändern und den Hochzeitsmarsch spielen«, überlegte Kiki kurz, während sie den Vorhang zur Seite schob und die Bühne betrat, aber das wäre wahrscheinlich doch noch verfrüht.

Mehrere Scheinwerfer schwenkten herum und erfassten Kiki in ihrem langen Kleid. Sie verbeugte sich lächelnd und nahm die Violine hoch. Die Aufmerksamkeit und der Applaus, der jetzt aufbrandete, galten einzig und allein ihr und ihrer geliebten Musik.

Das Konzert wurde ein voller Erfolg. Erst nach drei Zugaben wurde Kiki von der Bühne entlassen. Patrick hatte es irgendwie geschafft, einen riesigen Strauß roter Rosen zu organisieren, den er Kiki schwungvoll zuwarf. Sie fing den Strauß geschickt mit einer Hand und strahlte über das ganze Gesicht, dann warf sie Patrick eine Kusshand zu, verbeugte sich noch einmal tief und verschwand hinter dem Vorhang.

»Ich muss sofort hinter die Bühne und mir ein Autogramm holen!« Bente sprang auf und nahm Karlchen ins Schlepptau. »Mensch, Karlchen, davon können wir später unseren Enkeln erzählen!«

»Ja, in hundert Jahren vielleicht«, knurrte die Dänin. »Ich dachte, wir gehen jetzt erst mal an das reichhaltige kalte Büffet und futtern anständig. Ach, hallo, Daniel«, sagte sie im Vorbeigehen zu dem Jungen mit dem Gipsbein. »Echt schön, dass du wieder da bist!«

»Ja, cool, Alter.« Patrick klopfte Daniel von hinten freundlich auf die Schulter. »Mystery wird sich freuen. Sorry, aber wir sprechen später weiter, ja? Ich muss unbedingt zu der Künstlerin, du verstehst?«

»Ja, klar.« Daniel lachte. Er stand, auf seine Krücken gestützt, etwas hilflos im Gang vor der Bühne.

»Komm, lass uns verschwinden«, flüsterte Rebecca ihm ins Ohr. »Du brauchst dringend Ruhe.«

»Hey, mir geht's gut«, protestierte Daniel. »Mir gefällt es, dass ich endlich wieder mitten im Leben stehe.«

»Ja, dir vielleicht«, entgegnete Rebecca, »aber deinem Bein ganz sicher nicht. Du musst es hochlegen, haben die Ärzte gesagt. Schon vergessen?«

»Zu Befehl, Schwester Rebecca.« Daniel beugte sich vor und gab Rebecca einen Kuss auf die Nase, wobei er eine Krücke fallen ließ und fast das Gleichgewicht verlor.

Rebecca schüttelte den Kopf und führte Daniel energisch aus dem Saal. In seinem Zimmer im Westflügel des Schlosses atmete sie erleichtert auf. Sie schob dem Jungen einen Sessel hin und stellte einen Stuhl davor, auf den er sein Gipsbein legen konnte.

»Mensch, war das ein schönes Konzert«, sagte Rebecca seufzend. »Diese wunderschöne Musik ..., ich hatte direkt eine Gänsehaut.«

»Ja, ich auch.« Daniel legte die Krücken beiseite und setzte sich vorsichtig auf den Sessel, das eingegipste Bein weit von sich streckend. »Deine Freundin Kiki wird bestimmt mal richtig berühmt.«

»Ja, kann sein«, meinte Rebecca. »Wenn sie es will, ganz bestimmt. Aber ich glaube, Kiki hat sich da noch nicht so festgelegt. Die hat bestimmt noch ein paar Überraschungen für uns auf Lager.«

Daniel lächelte und strich Rebecca zärtlich über den Arm. »Schön, wieder hier zu sein«, sagte er warm, »hier, in deiner Nähe.« Er klopfte auf seinen Gehgips. »Bald kommt der blöde Gips ab und dann darf ich hoffentlich auch wieder reiten. Ich freue mich schon so auf unseren ersten Ausritt.«

Rebecca versuchte vorsichtig, den überbordenden Optimismus des Jungen ein wenig zu dämpfen.

»Du, Daniel, ich könnte mir vorstellen, dass es noch ziemlich lange dauern wird, bis du wieder richtig im Sattel sitzen kannst«, sagte sie behutsam. »Vergiss nicht, du hattest einen ziemlich schweren Unfall. Dein Körper braucht Zeit, um das zu verkraften und sich wieder ganz zu regenerieren. Von der Psyche ganz zu schweigen. Mit Sicherheit hast du eine Art Trauma erlitten. Psychologen sind der Meinung, dass ...«

Daniel stöhnte auf. »Du redest genau wie die Ärzte im Krankenhaus«, beklagte er sich, »›Herr Barenthien, Sie müssen vorsichtig sein‹«, zitierte er die Mediziner, »›keine großen Sprünge in der nächsten Zeit, Herr Barenthien, hören Sie?‹«

Daniel schüttelte sich. »Boah, ich habe es satt, andauernd bedauert und betüdelt zu werden. Ich bin gesund. Ich will wieder reiten! Mit dir, Rebecca!«

Rebecca verdrängte ihre ängstlichen Bedenken und schenkte ihrem Freund ein strahlendes Lächeln.

»Aber das will ich doch auch, Daniel. Und wie!«, sagte sie ehrlich. »Ich freu mich ja so, dass es dir wieder besser geht. Und wenn du erst wieder ganz gesund bist, ich meine wirklich gesund, und wieder reiten darfst. Wer weiß, vielleicht erlaubt uns Herr von Hohensee dann einen Ausritt? Einen ganz besonderen, nur wir beide und ...«

»... und Mystery und Karfunkel«, ergänzte Daniel. »Ja, eine kleine Belohnung nach dem ganzen Stress haben wir uns eigentlich verdient.«

»Mit Sicherheit.« Rebecca nickte energisch. »Ich werde mal mit der Pauli reden. Vielleicht können wir sogar die Nachhilfestunden ein bisschen reduzieren. Du hast im Krankenhaus eine ganze Menge nachgeholt und riesige Fortschritte gemacht. Ich glaube kaum, dass Frau Dr. Paulus noch etwas an deinen schulischen Leistungen auszusetzen haben wird. Allerdings musst du am Ball bleiben, Daniel.«

»Ja, ich weiß, Rebecca«, erwiderte Daniel ernst. »Wenn du mir weiterhin helfen willst, packe ich das auch. Ich versprech's dir. Und wenn ich erst mal wieder anständig im Sattel sitzen und trainieren kann«, überlegte Daniel weiter, »dann kann ich vielleicht nächstes Jahr in der Military starten.«

»Das ist wohl nach wie vor dein größter Traum, nicht?«, fragte Rebecca vorsichtig. Plötzlich musste sie lachen. »Du, ich fürchte unsere Tierschutzbeauftragte, meine Freundin Bente, will noch ein ernstes Wörtchen mit dir reden.«

»Hilfe, wieso das denn?« Daniel machte ein erschrockenes Gesicht. »Hab ich was verbrochen?«

»Bente ist strikt gegen die Military«, erklärte Rebecca. »Sie ist der Überzeugung, dass Geländeprüfungen die reinste Tierquälerei für Pferde sind. Sollte sie feststellen, dass du deinen Mystery überforderst, wird sie dir ohne zu zögern eine Anzeige aufbrummen.« Rebecca hob warnend die Hand. »Ich sage dir, mit Bente ist echt nicht zu spaßen, wenn es um Tiere geht. Die würde sogar ihre Oma anzeigen, wenn die eine Fliege totschlägt, ohne sie vorher betäubt zu haben.«

»Ach, das alte Thema«, sagte Daniel mit gesenktem Kopf. »Ja, es stimmt, in der Vergangenheit hat es tatsächlich eine Menge Mist gegeben in der Military. Viele bedauernswerte Pferde sind zuschanden geritten worden, manche wurden bei den schweren Geländeprüfungen sogar getötet.« Er hob den Kopf und sah Rebecca offen an. »Ich weiß das natürlich und es tut mir unendlich Leid. Aber weißt du, mittlerweile steht die Military unter strengen Kontrollen. Überall sind Tierärzte und Vertreter des Tierschutzbunds zugegen und passen auf, dass den Pferden nichts geschieht. Wenn ein Pferd trotzdem überfordert sein sollte, wird es sofort aus dem Wettbewerb genommen und der Reiter wird empfindlich bestraft.« Er nahm Rebeccas Hand ganz fest in die seine. »Ich verspreche dir und deiner Freundin hoch und heilig, dass ich niemals etwas tun werde, womit ich Mystery schaden würde, einverstanden?«, sagte er feierlich. »Deine Freundin kann sich jederzeit mit eigenen Augen davon überzeugen. Ich habe nichts zu verbergen. Im Gegenteil, ich habe meinen Schimmel nämlich unheimlich lieb. Er ist mein Freund. Und außerdem«, Daniel lachte laut, »ist Mystery viel stärker als ich. Der wird mir schon deutlich zu verstehen geben, wenn ihm was nicht passt!«

»Ja, das glaube ich allerdings auch.« Rebecca stellte sich den muskelbepackten Schimmelhengst vor und lachte Daniel an. »Aber, um auf deine Träume zurückzukommen«, sagte sie schließlich.

Daniel nickte ernst. »Ja, die Military zu reiten ist und bleibt mein Traum«, erwiderte er. »Jeder normale Mensch hat Träume, oder? Du etwa nicht?«

»Doch, klar. Ich träume zum Beispiel davon, eines Tages mal den Nobelpreis für Physik zu bekommen«, antwortete Rebecca grinsend. »Wenn mir nur endlich ein anständiges Thema für den diesjährigen Jugend-forscht-Wettbewerb einfallen würde. Ich habe neulich irgendwo gelesen, dass man aus den Abwässern von Konditoreien und Bäckereien Bakterien züchten kann, die in der Lage sind, Altöl und ähnliche Schadstoffe zu vernichten. Hm, interessante Materie ...«

»Hey, wir waren bei unseren Träumen«, erinnerte Daniel.

»Ach ja, klar. Entschuldige, war auch nur so eine Idee.« Rebecca runzelte die Stirn. »Also, meine Träume, na ja, neben dem anzustrebenden Nobelpreis träume ich davon, dass Karfunkel irgendwann einmal ein Fohlen bekommt«, sagte sie mit fester Stimme.

»Okay, kein Problem«, erwiderte Daniel locker. Er küsste Rebecca auf die Nasenspitze. »Also, zuerst die Military, dann das Fohlen.«

»Und dann der Nobelpreis«, vollendete Rebecca den Satz. Sie fiel Daniel um den Hals und gab ihm einen Kuss.

Draußen auf der Weide vor dem festlich erleuchteten Schloss hob ein Pferd den Kopf und wieherte zustimmend.

Es war sehr spät, als Rebecca endlich in ihr Zimmer zurückkehrte. Sie öffnete die Tür im Zeitlupentempo und wollte sich gerade auf Zehenspitzen hineinschleichen, als die Tür von innen aufgerissen wurde. Eine Hand fuhr heraus und zog das verblüffte Mädchen ziemlich unsanft am Ärmel hinein.

»Himmel, was soll das?«, fauchte Rebecca. »Lass mich gefälligst los!«

»Pscht! Sei ruhig und komm rein oder willst du das ganze Schloss aufwecken?« Vor ihr stand Bente und grinste von einem Ohr zum anderen. Rebecca schaute sich verwirrt um.

»Hab ich mich im Zimmer geirrt?«, fragte sie. »Entschuldige.« Sie wollte sich gerade wieder umdrehen, als sie Karlchen und Kiki bemerkte, die, von einem riesigen Kissenhügel halb verborgen, auf einem Bett thronten und ebenfalls grinsten.

»Du bist im richtigen Zimmer«, flüsterte Kiki kichernd, »und du kommst gerade noch rechtzeitig.«

»Rechtzeitig? Wofür?« Rebecca verstand nur Bahnhof. Sie war müde und wollte endlich ins Bett, aber das war anscheinend besetzt.

»Pyjama-Party!«, riefen die Freundinnen im Chor. Wie auf Kommando sprangen Kiki und Karlchen auf und hüpften auf dem Bett herum. Erst jetzt fiel es Rebecca auf, dass ihre drei Freundinnen ihre bunten Schlafanzüge anhatten. Karlchen warf mit einer Hand voll Gummibärchen nach Rebecca.

»Los, du olle Liese!«, rief sie. »Rein in den Schlafanzug! Wir feiern Kikis Konzert!«

»Und Daniels Rückkehr!«, rief Bente.

»Und dass du endlich da bist!«, fügte Bente grinsend hinzu.

Rebecca prustete laut los. »Also, Mädels, ihr seid …«

»… deine besten Freundinnen!«, vollendeten die anderen drei den angefangen Satz. »Was sonst?«